自分で考えて生きよう

松浦弥太郎

中央公論新社

目次

第2章

仕事をするなら気持ち良く　45

〈仕事の工夫・コツ〉

第3章

〈人間関係の工夫・コツ〉

どんな出会いも財産になる　81

第4章

〈もの選びの工夫・コツ〉
丁度良いものを見つける　115

第5章

〈歳の取り方の工夫・コツ〉

何歳になっても発見いろいろ　153

第6章

〈趣味の工夫・コツ〉

心が喜ぶ「好きなこと」をしよう 185

第7章

〈食べることの工夫・コツ〉

「食べてきたもの」があなたをつくる　221

装幀
櫻井 久（櫻井事務所）

装画
William Scott RA, 1913-1989
Still Life with Lemon, 1988
Lithograph 59×78cm

はじめに

「工夫・コツ」しあわせの種に

どんなに立派といわれる仕事や学びよりも、料理や掃除、洗濯という、日々繰り返される家事全般の仕事こそがもっとも尊い行為であり、そこにこそ真実があり、本当の学びや楽しみがある。

そしてたとえば、道元禅師が教えたように、あたかも人の目を磨くように、心をこめてていねいに鍋や皿を洗うという、その生活精神のすべてを象徴するような心もち。

二〇〇六年に「暮しの手帖」の編集長になってからの九年間は、決して楽ばかりではない現実生活において、暮らしを大切にする心、暮らしをきちんと見つめる心を、読者と共に学んでいこうと思い、日々雑誌や本作りをした。そして、二〇一五年四月にクックパッド㈱に入社し、「くらしのきほん」のサイトを立ち上げた。そんなふうに会社やメディアのあり方が変わったとしても、仕事をしながら常に考え続けていたことは、その一ページが本当に人をしあわせにできるのか、本当に人の役に立つのか、ということだった。

こうした日々の中、浮かび上がってきた一つの言葉がある。それは工夫とコツである。「工夫・コツ」とは、何事の基本であり、知ってそうで知らないことであり、やる気を起こしてくれる面白さであり、うまくできそうなきっかけになり、楽しむための知識である。そして何より「工夫・コツ」とは、しあわせな暮らしの種でもある。

本書では、暮らしに彩りを与えてくれるライフスタイルをテーマにし、様々な「工夫・コツ」を書いた。それが読者のしあわせの種になってくれるとうれしい。

どんなことでも楽しむための工夫をしてみる。工夫をするとコツが見つかる。コツは魔法となって、わたしたちの暮らしを、きっと美しくしてくれるだろう。

きちんと考えることは楽しい

第1章

暮らしの工夫・コツ

そのままの味を探す

　ある日、味とは何かを考えた。食べ物のことである。

　恥ずかしいことに、味と考えたら、塩味、醤油《しょうゆ》味、ソース味、ケチャップ味、マヨネーズ味、カレー味、チーズ味という言葉がずらりと並んだ。なんて貧相な味覚であるかと肩を落とした。それらはいわば調味料で作られた、からい甘い、濃い薄いの味であり、旬の味、素材そのものの味ではないからだ。俗に言われるような、「味覚を失った食生活」と向きあうことになった。

　味覚を取り戻したいと思った。少なくともおいしい味とは何かを学ぶべきである。

　まず僕は一番使うであろう醤油とソースを止《や》め、食べるときに何かをかけたり混ぜたりするのは一切止めてみた。納豆はそのままかき混ぜる。トーストは何も塗らない。

刺身もそのまま。野菜サラダも何もかけない。コロッケやとんかつもそのまま。冷や奴《やっこ》、おひたしもそのまま。

調理するときに使う塩やこしょう、その他の調味料はありとして、とにかく食べるときに加える味付けを止めたということだ。

効果はてきめんだった。最初はなんて味気ないと思っていたが、それが自然と、咀《そ》嚼《しゃく》しながら味を探すような気持ちになった。

にんじんであれば、にんじんの味を探すように味わい、見つけたときに「おいしい」と言葉が出た。ついこの前までは味を探すという感覚はまったくなかった。

なるほど、本来のおいしい味とは、食べながら自分で探して見つけるもので、ひと口食べてすぐにわかるようなものではないのだ。すなわち味覚とは、淡い中にある濃いものとでも言おうか。

大発見である。次は食べる際の調味料の使い方を考えたい。

「お金は友だち」と思うこと

お金のことで悩んでいる人がたくさんいる。貧乏な人も、お金持ちの人もお金で悩んでいる。これはなかなか難しいことであるが、どうにかしてお金の悩みから解放される方法はないかと考えてみた。

成人になった頃、祖母が僕につぶやいた言葉を思い出した。

「お金を友だちと思いなさい。友だちであるなら、嫌がることはしないこと。好かれるようにつきあいなさい」

そのときは小言のようにしか感じなかったが、今思うと、とてつもなくシンプルで深い言葉である。

お金を友だちと思うこと。

日本では、お金のことは口にしないという紳士協定のようなものがある。しかも、世の中の事件のほとんどがお金がらみであるから、お金イコール悪いという印象も拭えない。そんな固定観念を変えてみてはどうか。

お金は、大好きな友だちである。大好きだから、喜ばせてあげたい。嫌がることはしない。もっと仲良くなりたい。そんな気持ちを持ってみようと思うと、なんだか、人生が変わるかもしれないという希望が湧いてきた。お金大好き、と。

お金が嫌がることはなんだろうか。

我欲にまかせた使い方をしないこと。もしこんなことに友だちから自分が使われたら悲しいと思う使い方はしない。見栄《みえ》を張ったり、衝動買いとかである。お金をクシャクシャにしておいたり、ぽんと投げたり、大切なものとして扱わないこと。

「僕をこんなふうに使ってくれてありがとう。うれしいから、僕も君を助けるよ」。お金がそんなふうに思ってくれる使い方や扱い方をするように心がけたい。世界中でルールにしてもいいだろう。きっと何かが変わる。

上手に負けてケガ知らず

「いやなことばかり起きているあなたへ。いやなことがいっぱい貯《た》まると幸運と交換することができますよ」

スコットランドへの旅先で手にした、クッキーの菓子箱におまけで入っていたカードに書かれていた言葉である。

時差ボケで早起きした朝、あたたかい紅茶を飲みながら、ぼんやりとした頭で読み、なぜかそのまま捨てずに取っておいた。今でも机の引き出しに入っている。

スコットランドの言い伝えだろうか。僕はこの言葉が好きになった。そして、いやなことは幸運と交換できるということの法則を信じている。

運というものはあると思うが、なんだかんだ言って、プラスマイナスゼロになるというのが本当だと思う。そのように何もかもうまく帳尻が合うようになっているのが自然の摂理と信じている。

勝負において、圧勝というのは一時は心躍るものである。しかし、圧勝の恐さを忘れてはいけない。というのは、その後に必ず大きな負けも作用するということだ。作用には常に反作用が働くのも自然の摂理。なので、勝ち続けたいなら、たまに負けるのが良い。相撲でたとえたら、九勝六敗の美学と言おうか。そんな勝ち方が理想であり美しい。

人間関係においても、いつも自分の主張を通してばかりではなく、丁度よく譲りながら、理解してもらうという感覚を持つと気が楽になる。力んで主張しようとして負けると思わぬケガもする。ケガをすると勝負ができない。ケガをしないためにも上手に負ける。

前へ前へよりも。一歩下がって二歩進むのが良いだろう。

掃除の達成感　心を健康に

きれい好きというよりも、掃除好きである。

汚れたところをきれいにし、きれいなところをもっときれいにするのを目標にしている。これが結構、日々の暮らしや仕事に役立っている。

掃除というのは、なかなか大変であるけれど、終わると、心が晴れ晴れして、すっきりする。このすっきりする、というところに味をしめて、思わず癖になってしまう。

日々の暮らしや仕事は、思い通りにいかないことや、満たされないこと、達成感が得られないことばかりである。そういうストレスは自分の中に少しずつ溜まっていく。溜まっていくと、気分がもやもやして、機嫌が悪くなったり、ふさぎこんでしまったりする。

まあ、誰でも同じで仕方がないことであるけれど、そんなときこそ掃除である。掃除には達成感があるからだ。医者が言うには、達成感というのは心の健康にとても役に立つという。なので、気分が落ち着かないときや、すぐれないときは、掃除をして、達成感を得るとすっきりするし元気になる。かばんの中の掃除でも、立派な掃除であり、いくばくかの達成感がある。

また、眠れないとき、掃除や片づけをすると、眠れるというのは、まさに達成感によって気分が落ち着くからである。

達成感といえば、掃除以外に料理も良い。掃除同様、手を使うことは、思考と身体《からだ》の動きが一体となり、脳の働きが活発になる。よって達成感と充実感に満たされるという。

ふうとため息が出たら、ちょこっと身近なところを掃除して、目玉焼きでも作ってみてはいかがだろう。なかなかの特効薬になりますよ。

料理を学ぶ　暮らしを知る

料理の楽しさを伝える仕事に就いてから、料理とはなんだろうとずっと考えている。料理とつぶやいて、目に浮かんでくるのは、腰にエプロンを巻いて、忙しく働く母の姿だった。

一体全体、料理とはどこからはじまりどこで終わるのだろうか。母の姿を思い浮かべていたら、料理とは台所に立っているときだけではなく、もっと広い範囲にわたることだろうと思った。

何を食べようか。もしくは何を食べたいのかと「考える」。料理は、このあたりから始まるのではなかろうか。自分や家族の健康を考え、野菜がいいか、肉がいいか、魚がいいか。今日の気分は何を食べたいのか。それはどんな料理で、どんな献立に仕立てようかとよく考える。

考えた末、料理と献立が決まれば、「買い物」に出かける。店には季節を感じる食材が並び、買い物をする人がたくさんいるだろう。そこでいろいろな雰囲気を感じるだろう。いわば「情報収集」である。

家に戻って早速「調理」をする。そして「食べる」。食べ終われば、食後の「憩《いこ》い」があり、「片づけ」をする。

料理とは何か、と考えて、大雑把に行為を分けてみたが、本当はもっと様々であろう。

そう思うと、料理を学ぶということは、暮らしの様々を学ぶことでもある。暮らしの中心には料理がある。

さらにいえば、料理を楽しむということは、暮らしを楽しむということでもある。ならば料理上手は、暮らし上手である。暮らしを豊かにしたいなら、まずは料理を始めてみればいい。

やっぱり料理は大切なんだ。

真似からの発見を大切に

「創造は模倣から始まる」という至言と出合ったとき、すっと体の力が抜けたように思えた。小さな頃から、人の真似《まね》ばかりしてはいけないと大人に教わってきたからだ。思うこと、考えること、することなど、何もかも、個性や自分らしさが大切だと思っていたからだ。

何かを始めるとき、まずは自分が信じる型のようなものの真似をしてみるといい。真似から始めてみるというのは、なんて気が楽なのかと思った。しかも、真似をしたい型をあれこれと探すのが楽しいと思った。

そこで発見したことがある。優れた人は、きっと自分が真似をしたい型を見つけることが得意であるということだ。実はそこに独自性があらわれる。もっと言うと、型を見つけることができたら、目的のほとんどは済んでしまっているようなものである。あとはひたすら真似をしてみて、発見できたことを、そっくりのみ込んでしまえばいい。

歌舞伎や落語といった古典芸能を楽しもうと思っているが、芸能の世界は、模倣の芸とも言われている。そこにはもちろん個性が生きているが、伝統の名の下にある型を演じながら、個性を出そうと思ってしまったら、型は台なしになってしまうという。どうするかというと、とにかく型を型のままに演じる努力の積み重ねの先に、はじめて自分らしさという魅力が出るという。とにかくしっかりと真似ることが大切だということだ。

「学ぶ」の語源は、「真似ぶ」ともいう。真似たいことを、その通りに真似てみればいい。実はそれが一番難しいのであるけれど。

欲しい欲しい病　治すには……

新しいものやすてきなものというのは、次から次へと新発売されるから、目移りして困ってしまう。そしてまた、あの人この人が持っているものを一度見てしまうと欲しくなるのが人の常である。

欲しい欲しい病である。けれども、そんな病気を放っていたらきりがない。これが手に入ればうれしくてしあわせなのにと、そのときは思うけれど、手に入った途端に、さらに他のものが欲しくなる。うーむ。欲しい欲しい病を治すにはどうしたらよいのだろう。

一つの治療として、たとえば、欲しいものを考えるよりも、今、持っているもののことを考えてみる。その良いところや、買ったときに好きになった理由を思い出してみてはいかがだろうか。

冷静になって、身の回りをよく眺めてみれば、いつの間に増えたのか、あれやこれやの大荷物。そういう一つひとつに意識を向けてみるのはよいことだろう。そうすると、今まで以上に身の回り品との関係がぐっと深くなり、きっと自分にたくさんのうれしさやしあわせを改めて与えてくれるようになる。

人間関係も同じである。満たされない気持ちとは、ちょっとした心持ち一つで変えることができるのだ。

同時にもの選びも慎重になるだろう。良いものを少し持ち、それと長くつきあっていく。その喜びを知れば、欲しい欲しい欲しい病は自然と静まる。欲しいものではなくて、今持っているものに気持ちを向けてみよう。

先日、もので溢《あふ》れかえってフタが閉まらなくなった道具箱の整理をしていたとき、そんな考えが浮かんできた。

今あるものを可愛《かわい》がろうとも。

自分を映し出すベスト10

小さな頃から、ベスト3とか、ベスト5を考えるのが好きだった。「ザ・ベストテン」という歌謡番組が流行《はや》っていた所為《せい》かもしれない。どんなものにもランクを付けるという思考は、自分の価値観をはっきりと表すもので、少年の幼心を夢中にさせた。

中でもベスト10を考えるのは、とてもむつかしいものだった。ものによっては一週間もかかるジャンルもあった。しかし、自分が気になったジャンルのものに10の順位を付けられたときの達成感は大きかった。

クラスの好きな女の子ベスト10、おいしい給食ベスト10、楽しい公園ベスト10、近所の恐《こわ》いおばさんベスト10、将来の仕事ベスト10、犬の散歩道ベスト10、お菓子のおまけベスト10などなど。ベスト10は、夢と希望に満ちていた。僕はベスト10ノートを作り、マイベスト10をたくさん書き記した。

三つ子の魂百までというように、今でもその思考習慣は変わっていない。何かあれば、すぐに指を折って、あれこれと順位を数えている。

春が過ぎた頃、自分が他人からしてもらったらうれしいことベスト10というのを考えてみた。そこには自分がはっきりと映し出されて面白かった。

そして思ったのは、今日という一日で、その内の一つでもいいから、他人にしてみようということだった。自分がしてもらってうれしいことを他人に向けてみる。まずは自分が動いてみるという心がけである。

暮らしや仕事において、他人とのコミュニケーションを瑞々《みずみず》しくさせる小さなコツのように思えた。

美しき作法　大切に

先日、江戸時代から続く日本料理店に食事に行った。

その店では畳敷きの大広間にお膳が置かれ、大勢の客がそこで食事をいただく様式であった。座布団を敷いてあぐらをかいたり、正座をして食事をいただいたり。今と昔では着ている服は違うだろうけれど、江戸時代もきっとこんなふうに皆和やかに食事をしていたのだろうと想像できた。

そんな気分でいたら、一人の男の子が母親にぴしゃりと足を叩《たた》かれ叱られていた。

「人様に足を向けてはいけません」と母親は言った。男の子はきっと畳がうれしかったのだろう、足を伸ばし、その足の裏がこちらに向けてあった。

「すみません、失礼しました」

母親はこちらに頭を下げた。

私も子どもの頃に同じように叱られたことがあった。当然、その頃は椅子の生活ではなく、畳に座る生活であった。座布団を踏んではいけないともよく叱られたものだ。座布団はお客様へのもてなしであるから、もてなしの心を足で踏むとはなんたることかと。

畳の縁《へり》や敷居も決して踏んではいけないとも教わった。敷居はその家の象徴ともいわれ、そこを足で踏むことは失礼にあたった。畳の縁も同様である。縁に家紋が入っているのを見たことがある人もいるだろう。

布団の枕元を足で踏んではいけないとか、人や物を足でまたがないとか、ご飯に箸を突き刺さないとか、人を指差さないとか、こんなふうに子どもの頃は大人からうるさく叱られたものだ。とくに食事中の作法は厳しかった。

とはいうものの、こういうしつけは、これからもずっと大切に伝えていきたい、日本の美しい作法であると私は思っている。

浪費　若いときの貴重な経験

簡素に暮らすとか、良いものを少し、というように、ものをたくさん持たないスタイルが注目されている。

社会人になり、収入を得るようになると、欲しいものが買えるようになる。そんな二十代から三十代の頃というのは、欲しいものだらけで、借金をしてでも、これぞと思うのは手に入れたりする。買い物によって心が満たされるし、自分を着飾ることや、あれやこれやで暮らしという景色を作っていくのはしあわせでもある。したがって、ものは増える。

しかし、四十代になると、心境が変わってくる。この歳《とし》になると大抵の欲しいものは手に入れていたり、手に入れていなくても、それがどんなものかはわかってくるからだ。

そんな中、自分自身を鏡に映してよく見てみたり、身の回りを見渡してみたりして、こう考える。欲しいものであったり、必要と思ったものがこんなにあるけれど、自分は果たしてしあわせだろうかと。で、こんなふうに目に見えるものがいくらあっても、それだけではしあわせにはなれないと気がつき、目の前にあるたくさんのものをなんとかしたいと思いはじめる。

しかし、これは普通のことで、人間にはそういった迷いや悩みが必要である。その先にこそ、簡素な暮らし、であるとか、いいものを少し、というスタイルの発見がある。目に見えるものではなく、人生に必要な目に見えない大切なものとは何かを学び始めるのだ。

ということは、若い頃は、節約とか簡素とか、あげくは、断捨離《だんしゃり》など、あまり考えないほうがいい。浪費や無駄遣いは、若い頃しかできない貴重な経験であるからだ。

「今日のベリーグッド」日記

日記を書いてみようと思って、新しいノートを一冊買った。

今どき手書きかと思ってみたけれど、字を書くことが少なくなった今、手書きを習慣にしてみることで、今やたくさん忘れかけている漢字や、これもまた低下しつつある文章力というのかな、ある程度、頭の中で先に考え抜いて文章を構築していく能力を取り戻したいと思ってのことだ。

早速、書き始めようとしたのだが、その最初がなかなか書き出せなかった。日記と言えど、朝から晩までに起きたことを、ひたすら書けばよいというわけでなく、それなりに何か摑《つか》みどころがないと文章を書くことができなくて困った。

そこで日記のテーマを考えようと思った。

食べ物日記や買い物日記、運動日記もあるな。仕事日記は、ちょっとつまらないかなと、いろいろと考えた。そう思うと、あれこれたくさん書いてみたいことが思い浮かんだが、それをひとまとめにできないものかと頭をひねったら、いい言葉が見つかった。

それは「今日のベリーグッド」という言葉だ。今日出会った、感じた、思った、自分にとってのベリーグッドを記録したら、きっと楽しいだろう。

僕はノートの表紙に「今日のベリーグッド」と書いた。うん、これはなかなかいいタイトルだ。こうして僕は日記を書き始めた。

一日に一つか二つくらいは、必ずベリーグッドはあるだろう。ある日は景色、ある日は料理、ある日は本の一文であったりと様々だ。実に楽しい。楽しいことはもっと楽しもう。

僕はタイトルを「今日のベリーベリーグッド」と書き直した。

猫背も自分の生き方

デスクワークが多いのと、運動不足のため、毎朝ランニングをしている。ランニングは肩こりの解消にもなり、運動前後のストレッチで縮こまった身体を伸ばすのに役立っている。僕の姿勢は猫背ぎみなので矯正《きょうせい》もしたい。

猫背は悩みの一つである。姿勢をまっすぐにしようと心がけていても、デスクワークに根を詰めるといつの間にか背中は丸くなっている。

先日、そんな悩みを整体師に相談してみると、思いがけない答えが返ってきた。

僕の場合は、「無理に治さなくてもいい」というのだ。

「ある意味、猫背はあなたの生き方でもあるからです。余程のことがない限り、自分の生き方を変えることなんかできませんよね。変える必要もないでしょう。猫背ぎみになるのは、集中力があって、物事の思索にも長《た》けているからともいいますよ。事業などで成功している人もいます」

猫背があなたの生き方だと言われたのには驚いた。

今まで猫背は自分にとってのコンプレックスでもあり、とにかく治さなくてはいけないものだと思っていたからだ。ものは考えようというけれど、無理に治さなくていい、それはよいことでもあるのだ、と言われたのは初めてだった。

それからというもの、猫背の悩みは、すーっと軽くなり、たまに気をつけて、背中を反らすストレッチを心がける程度になった。人目も気にすることはなくなった。悩まなくなると不思議なことに、猫背がまっすぐに矯正されたような気にもなった。病は気から、というけれど、まさにその通りである。

痛い原因は別の場所

何年も肩こりや腰痛に悩まされてきた。肩こり、腰痛というと、大なり小なり誰もが抱えている症状の一つであるから、悩みといっても一つも珍しがられない。

デスクワークという仕事柄といってしまえばおしまいであるけれど、なんとか治そうと努力した中で、一番効果があったのはランニングである。ランニングの前後にかんたんなストレッチを行うが、きっとそれも役に立っているのだろう。毎日のランニングによって、十だった症状が、六くらいにはなった。

もう一つ気がついたことがある。肩こりや腰痛がつらいときに、マッサージや指圧をしてもらうことがあるのだが、そのマッサージや指圧をするポイントのことである。

ある日、こんなことがあった。

肩がこって仕方がないので、知り合いに紹介された指圧師のところに行ってみたら、肩が痛いというのに、足をもんでみたり、腰をさすってみたりして、一向に肩を触らないのである。あげく最後まで肩をもむことはなく、指圧が終わったのだが、そのときには肩こりは嘘のように消えていて驚いた。

聞いてみると、必ずしも痛いところをもめば治るというわけではないと教えてくれた。大抵、痛いところと別の場所に原因があるとのことだ。なるほど。

仕事でも暮らしでも、何かトラブルが起きたときは、その原因は別の場所にあることが多いのと同じと思った。

痛いところではなく、つながっている場所を点検すればいい。それを知ってから、ここかもしれないと自分でさすったり、もんだりして痛いところが治る場合が多くなった。哲学的だと感心した。

本に耳を傾けてみる

読書とは、すなわち本を読むということだが、今や本といってもいろいろとあるから、ある程度まとまった文章を読む、といってもいいだろう。しかし、これでは少し味気ない。ただ単に文章を読むといってしまうと、文字ばかりが目に浮かび、なんだか機械的で、大変そうで疲れそうだからだ。

若い頃、分厚い小説を人にすすめられたとき、いくら物語が面白いといっても、こんなにたくさんの文章を読むのはつらいなあ、と思った。最近の若者が、携帯電話やスマートフォンのスクリーンで文章を読むことに馴《な》れていて、紙のページに埋まった文章を見せると、文字ばっかりで面倒くさいというが、その気持ちに近い感覚でもあった。ツイッターで書かれるような人の声が想像できる言葉なら、いくらでも読めるけれど、文章はやっぱり苦手ともいう。

読書の楽しみ、文章の面白さを、僕は若い人にこんなふうに話している。本や文章というのは、必ず生身の人間が書いている。ということは、言わば、書き手は読み手に対して、何かを伝えようと一生懸命におしゃべりをしてくれているようなものなのである。

だから、目に見えるたくさんの文字や文章を追って読もうとするのではなく、本を読むということを、人の話を聞いてみるというふうに考えを変えるといい。すると、文字や文章が人の言葉や声に思えてきて、気が楽になり、それほど苦にもならない。

この人は何を言いたいのか。

何を説明し伝えようとしているのか。

そんなことに耳を傾ける意識を持つと、本を読むということが、実は豊かで楽しいコミュニケーションの一つだと発見できるのです。はい。

海外ではバッグにふたを

海外旅行に慣れた人でもトラブルに巻き込まれるというエピソードがある。

ある女性と、ニューヨークに仕事で一緒に行ったときのことだ。彼女が朝の待ち合わせに現れず、連絡も取れない。あわてて警察に連絡をし、捜索をしてもらった。顔は青ざめ、大騒ぎになった。

彼女は十二時間後に見つかった。彼女が居た場所はなんと留置場だった。警察の話では、デパートで万引きをして捕まったとのこと。行方がわかり、ほっと安心をした。

彼女は万引きをするような人ではない。英語も堪能だ。丸二十四時間後、彼女はホテルに帰ってきた。

経緯を聞くと、朝一番で友人に頼まれた品を買いにデパートに行った。買い物をし外に出るときに回転ドアを使ったら、狭いスペースに誰かが一緒に入ってきた。そのまま外に出たら、すぐに警備員に腕を掴まれて、バッグの中を見せろと言われた。バッグには見覚えのない商品が入っていた。

さては、さっき回転ドアに一緒に入ってきた人が入れたのだと思った。説明しても聞き入れられず、警察に引き渡された。そして一晩、留置場に入れられ、奉仕作業で、警察署の掃除を六時間行って帰ってきたという。

罪を認めればすぐに帰れる。認めなければ裁判になるから当分帰れない。どうするかと警察官に迫られ、口惜《くや》しいが仕方がなく認めたと彼女は言った。

バッグはトートバッグだった。外国では、必ずふたの閉まるバッグを持つべきである。他人のバッグに品を入れて、外に持ち出させる手口があるらしい。

嘘のような本当の出来事だった。

仕事をするなら気持ち良く

第2章

仕事の工夫・コツ

気分新鮮　正方形の仕事机

僕の仕事机は、編集部に一つと、自宅の仕事場に一つの計二つある。その仕事机だが見た人からいつも驚かれる。何一つものが置かれていないからだ。これで本当に仕事をしているのかと訝《いぶか》られるくらいだ。

仕事机は、いわゆる事務机ではなく、一メートル五〇センチ四方の正方形テーブルである。最初は何も考えず、会社で余っていたものを使ってみた。すると思いの外とても便利であることを発見し、仕事机としてこれ以上は考えられないくらいに気に入ってしまった。だから、自宅の仕事場も同じものに揃《そろ》えた。

書類を扱うときは広い面積を十分に活用し、思い切り書類を広げられるし、自分の机を囲んで六人までなら、打ち合わせができる。長方形に比べ、正方形の机は座ってみると、とてもオープンな気持ちになり、仕事に対してのびのびと向かえるのがさらにうれしい。とにかく正方形という見た目が新鮮なのだ。

パソコンはノートブック型を使用しているので、使うときだけ取り出す。仕事机において、そういった電気機器が目の前にないことがどれほど心地良いかわかるだろうか。仕事道具や書類ファイルなどは、別で用意したキャビネット一つに収納している。進行中の書類などはすべてそのキャビネットに収納し、とにかく机の上には、仕事をしているとき以外は何も置かないと決めている。

一つの仕事が終われば片づけて、机の上を一度何もない状態にする。

そして次の仕事の用意をする。

すぱっと気持ちが切り替わって仕事にメリハリが生まれる。

広いスペースが必要だが、僕は仕事机に正方形をぜひ推奨したい。

「一人のために書く」文章

文章の書き方について、よく考える。物書きを仕事にしているせいもあり、要領がよく賢くなるほど、きれいに整えがちになり、心よりも頭を使おうとする自分が否めない。大切なのは見た目ではなく心持ちであるとわかっているのだが。

そんなときに、必ず思い出すのが、「暮しの手帖」初代編集長、花森安治が遺《のこ》した「実用文十訓」である。私はこれを普段、文章を書くうえでお守りのように大切にしている。ここに書いてみよう。

一、やさしい言葉で書く

二、外来語はさける

三、目に見えるように表現する

四、短く書く
五、余韻を残す
六、大事なことは繰り返す
七、頭でなく、心に訴える
八、説得しようとしない（理詰めで話をすすめない）
九、自己満足をしない
十、一人のために書く

一般的には下手っぴいと言われそうな文章であったり、多少なり文法が間違っていようと、たどたどしくあったとしても、読んだ人の心にいつまでも残る文章はありうると、この十訓は教えてくれている。

要は上手に書こうと思わないことであろう。親切で、わかりやすく、伝えたい、という情熱を燃やして取り組むことである。これはどんな仕事にも共通するのではないかと思う。個人的には「一人のために書く」という訓が、執筆の意欲を大いに奮い立たせてくれている。何事も「一人のため」なのだ。

人の頭を借りる能力

仕事に行き詰まるということは誰にでもある。

新しいアイデアが必要であるけれど、何も思いつかなくて困ってしまう。あせってしまって、さらにアイデアが出てこない。冷や汗が出て仕方がない。どこか遠くに逃げたくもなる。

こんなことは仕事のときだけでなく、暮らしにおいてもしょっちゅうある。

一つひとつに真面目な人ほど、自分をどんどん追い詰めてしまうのだ。うーむ。しかし、もうこれ以上どうにもならないという状況での、最後の粘りで生まれる新しいアイデアも、あることはある。まあ、たまにだけれど。

とことん考えたということを前提としてだが、行き詰まったときは、まわりの人に助けを求めるのが一番いい。もうダメだと思ったら早いほうがいい。こんなことで困っている。どうかみなさん助けてください、と。しかしながら、これができそうででき ない。人に頭を下げることだし、自分の弱さを見せることでもあるし、プライドもあるからだ。

けれども、知っておいてほしい。困っている人がいたら、できるかぎり助けたいと誰しも思っているということを。困っている人を見ると、そこにいつかの自分を重ね、自分もいつか助けてもらったことを思い出すからだ。

アメリカでは、自分のキャパシティ（能力）を越えてしまって何も考えられなくなったとき、「人の頭を借りる」というような意味の言葉がある。「ちょっと貸して」「うん、いいよ」というように。

いつも強がっている人が、頭を下げて助けてほしいと頼む姿も人間らしくて、なかなかすてきである。

ゴミ箱なしが気持ち良い

私の職場では、毎朝、掃除業者さんが部屋の清掃をしてくれているのだけれど、いわゆる個人のデスク横に置かれているゴミ箱のゴミは、自分でフロアごとに置かれた大きなゴミ箱に捨てにいく決まりになっている。大きなゴミ箱に溜まったそのゴミは業者さんが毎朝まとめてくれている。

どういうことかというと、ゴミも一つの企業情報であり、個人情報でもある。そして、何か大切なものを誤って捨ててしまわないためのダブルチェックと、何かあったときの責任の所在をはっきりさせるためでもある。大きなゴミ箱に溜まったゴミには誤りがないということだ。私はこのシステムをとてもいいことだと思っている。

さらに、これはあくまでも私だけだが、こんなアレンジをしてみた。デスクの横にゴミ箱を置かず、ゴミは直接、大きなゴミ箱に持っていって捨てるということである。私のデスクから大きなゴミ箱までは歩いて一分もかからない。仕事中だと面倒といえば面倒だが、ゴミを減らす工夫をするようになるし、ゴミを捨てにいく途中に、本当に捨ててよいかと自問もできる。

もっとよいのは、椅子から立ち上がって、ほんの一分でも歩くことが、集中して仕事をしているときの気分転換にもなる。

ゴミを手に持って、深呼吸しながら、ちょっと歩くだけで、リフレッシュとクールダウンに役に立つ。なんでもかんでもポイポイと捨て、いつもゴミで満杯になったゴミ箱がそばにあるよりも、ゴミ箱のないデスク周りが、いかにすっきりしていて気持ちが良いか。

我ながらグッドアイデアだと自負している。

「自分の他はすべて教師」の姿勢を

新入社員の諸君は新しい職場の雰囲気に慣れてきた頃だろうか。

先日、ある会合で新入社員向けに話をした。彼らへのエールになればと思って引き受けた。

そこで話したのはこんなことだ。

たとえば、サッカーの試合をイメージしてもらいたい。君はそのチームの一員である。試合に出ることのできるレギュラーは選ばれし者だが、そうでなくてもチームの一員である以上、何かしらの役目がある。役目というのは、自分がプレイヤーであることを自覚することだ。いつかは試合に出て、パスをもらい、パスをし、もしかしたらシュートをするプレイヤーとなるときがやってくる。

そこで、もう一つイメージしてもらいたい。

いつもパスをもらうことができるプレイヤーとは、どんなプレイヤーなのか。そして、いつもなかなかパスをもらえないプレイヤーとはどんなプレイヤーなのかと。足が速いとか、ドリブルがうまいとか、シュート力があるだけでは、パスはもらえない。サッカー好きの人は多いだろうから、その答えは難しくないだろう。

パスがもらえるプレイヤーとは、瞬時に自分がどのような動きを求められているかを判断し、チームの得点のために最適な動きをすることができるプレイヤーである。それができてはじめて、ポジションとチャンスが与えられる。

いつかこういうプレイヤーになれるように希望を持ってもらいたい。

そのためには、何事も素直に学びとる力を磨いてもらいたい。

経験と知識の無さを自覚し、自分の他はすべて教師と思う謙虚な姿勢をつらぬくといいだろう。

競争社会　長距離走と考える

　五月病というけれど、六月病もある。五月病にならないようにと、ぴんと張っていた気が、六月になって、ふと緩んで、がくっと来る人は少なくない。じめじめした梅雨とも重なるから、体調がなんとなくすっきりしない日も続くから注意したい。こんなときは、まあ、気楽にゆっくりするのがいい。

　と、言いたいところだが、そんなわけにはいかないのが現実である。競争社会は厳しい。うーむ。けれども、厳しいとはいえ、勝つばかりにこだわらなくてもよいという考えもある。

　野球だって三割打てばよいのだし、相撲だって八勝で勝ち越せば万歳である。要するに、勝ったり負けたりしながら少し勝ち越すという考えは、ちょうどよいバランスでもある。だから、みなさん、あまり無理しないでほしい。

そうそう、短距離走というよりも、長距離走と考えてみてはいかがだろう。ゴールすることが第一の目的であるから、長距離走のコツはペース配分である。もちろん途中で水分補給をすることも必要である。とすると、一年の中の六月というのは、丁度折り返し地点であり、そろそろ疲れが出てきて、水分補給のタイミングかもしれない。

まあ、半分ということなら、決してペースを上げるときではないだろうし、少なくとも、これから先の半分をリタイアせずに走り抜くには、どのくらいのペース配分で走ったらよいかと考えることは必要であろう。

力んで飛ばし過ぎたりして、前半に体力を使い果たしてしまわないようにしたい。走り終わったとき、ちょっと体力が残っているくらいが理想である。

運営　スタッフ全員で決める

サンフランシスコの隣町、バークレーに行ってきた。

バークレーには好みの店がいくつもあるが、中でも、チーズとピザとパンを売る「チーズボード・コレクティブ」は、必ず訪れる大好きな店だ。チーズもピザもパンもとびきり美味《おい》しいのだが、それよりも働いているスタッフが、常に笑顔で親切なのがいい。店の雰囲気が明るくて、みんな、生き生きと働いている。その理由がなかなか面白い。

ここで働いているおよそ五〇人のスタッフ全員が（二十代から六十代までいる）、この店のメンバーという名のオーナーなのだ。

話を聞いてみると、創業オーナーの女性が、イスラエルのキブツ（集団農場）を参考にして、この店ならではの方法で運営しているとのこと。仕事に関わるすべてのことは、必ず全員で決めるらしい。「ボールペン一本を買うのも全員で決めるのよ」と、白髪の女性メンバーが話してくれた。

給料の額も平等で同じ。そして仕事も平等にするために、業務を順番で変えるそうだ。今月は経理をするけれど、来月はピザを焼くというように。なので、全員が店の仕事をなんでもできるようになっている。

このシステムで、なんと四十年以上も経営しているのが素晴らしい。メンバーの数には限りがあり、退職したりして欠員が出ると、スタッフ二名以上の推薦によって面接を受けられる。面接はメンバー全員と行う。

みんなが生き生きと働いている秘密が少しずつわかってきた。メンバーは常に、ここは自分の店であるという、当事者意識で働いている。

これも一つの新しい働き方だと感心をした。

未開拓の業態　自分で探す

若い人から、これからどこに就職したらよいか、とよく聞かれる。

ごく一般的に考えれば、いわゆる大きな企業に就職をするのが一番であろうが、最近はそれについて彼らも疑問を持っている。

これは、これからどう生きていくか、という問いに重なるかもしれない。

ちょっと極端な言い方になるが、開拓者になるか、追随者になるか、その二つのどちらを自分が選ぶかによるだろう。どちらがよくて、どちらが悪いということではない。どちらもありである。

開拓者を選んだ君には、こう話そう。

今はまだ誰にも見向きもされていない小さな市場であるけれど、数年後に何十倍ものスケールになっているかもしれない業態を自分の目と足で探すことである。そう簡単には見つからないと思うが必ずある。というか、相当な数の人が探している。そしてそれを見つける人も多い。

しかし、見つけたとしてもそこで働こうとする人が意外と少ない。そのとき、開拓者としての決心を求められるからだ。

未開拓の業態で働くというのはそれなりのリスクが伴う。成功が約束されているわけでもない。すぐによい結果が出るとも限らない。少なくとも結果が出るのにかなりの時間がかかる。

決心に大切なのはその仕事を好きと思えるか、興味を持てるかである。好きであれば続けられるだろう。続けるということは必ず力を生む。

これからは、誰にも気づかれていない新しい業態を見つけて、いかに深掘りをしていくかが、働くことの面白さになるだろう。

実はそういうチャンスに満ちた時代なのだ。

自分の仕事　文章に書く

仕事はシンプルであることを心がけている。

しかし、熱中してしまうと、いろいろな考え方や方法の可能性を一つひとつ試してみて、本来のかたちにこだわらず、あれこれとこねくり回すようにして、いつの間にかシンプルどころか、自分でも何をしているのか、わけがわからなくなってしまうときがある。それはそれで前進しているのだろうが、ぐるぐる回って振り出しに戻っているときもある。

だからこそ僕は立ち止まって、今、している仕事について、こんなふうに考えてみる。それは、自分の手がけている仕事について、わかりやすく他人に簡単に説明できるかどうかである。それができればいいのだが、できないときもある。できないときは、手を休め、頭を冷やす必要があると判断する。

シンプルであるということは、どんなことでもわかりやすく他人に簡単に説明できることである。それができるということは、自分が仕事をシンプルに考えていることであり、シンプルに行っていることであろう。

作業や行いは自分一人であっても、仕事とは人と関わることでもある。シンプルであれば、人は自分の仕事を理解し、ときには助けてもくれるだろう。結局、仕事をシンプルにする目的は、人と人のつながりを保つことなのだ。

僕は毎週月曜日の朝に、今週の自分の仕事の状況をわかりやすく他人に説明できるかと自問する。

方法は、紙に文章で書いてみるとわかる。

自分の仕事を文章で書いてみることは、自分自身の頭の整理にもなる。

手紙は魔法　心も届けられる

手紙が好きで、人に比べると書くほうだから、その分、いただくことも多い。

仕事においてはメールを使うこともあるけれど、なんでもかんでもメールでということはやめている。できれば使わないようにしていて、どうしてもというときに使っている。

大好きなアメリカの絵本作家ゴフスタインさんの、大好きなエピソードがある。

彼女は自宅のポストを一ヵ月に一回しか開けないらしい。とてもすてきなお家《うち》に暮らしていながら、一ヵ月分の郵便をポストに溜めておくなんて、変わっているといえばそうだけど、そうやって自分のペースや世界を守っているのだと、いたく共感を抱いた。

さすがに手紙が好きなので家のポストは毎日開けるけれど、僕もパソコンのメールボックスを何日も開けないときもある。急ぎであれば電話が来ると信じているからだ。そんなふうだからメールはあまり届かない。たくさん届くのは迷惑メールばかりである。

仕事において、とてもよく思うことは、いわゆるビジネスレターのお手本のような文体の味気なさである。おそらく例文をなぞって書いているのだろうとバレバレな手紙といおうか。

そういう手紙がていねいであるとか、きちんとしていると思ったら大間違い。人から人へ、心から心へ、言葉を送るのが手紙である。ていねいといんぎんを間違ってはいけない。ワープロで打った手紙なんて、もってのほかである。

手紙とは、書き方によってはどんな人にも、言葉を届けられる。心も届けられる。願いも叶う。

だから、「手紙は魔法だよ」と僕は若い人に教えている。

ずる休みの効能

大人として恥ずかしい話だが、年に数回ずる休みをする。

ずる休みというのは、正当な理由がないのに休むということだ。してはいけないことだから、会社としては大いに怒ってもよいことだ。

そう、一時間くらいだろうか。夕方四時頃が多いと思う。アンパンとか大福を買って、公園のベンチなど、どこか座れそうな場所を見つけて、まあ、一休みという感じである。

こんなときほど甘いものが身にしみるんだ。ぼんやりしながら力を抜く。ふうとため息をつく。ずる休みしてみんなに悪いなあとつぶやく。ごめんなさいと。

仕事というのは、まあ、思うままにいかないことばかりで、行き詰まることもしょっちゅうだ。そんなときこそ、ずる休みを思いつく。ちょっと休んでみるかと。ずる休みを正当化するつもりはないが、ずる休みをしていると、不思議なことにあんなに悩んでも思い浮かばなかった斬新なアイデアがふわっと現れたり、ちょっと気を抜くことで、ああそうか、こうすればいいじゃないかという気づきがあったりと、なかなかの効能がある。

もちろん、何も起きないときもある。それはそれで気分転換ということで納得する。でも、ときには、ずる休みというのは、ありなんじゃないかと思ってしまうのだ。年に数回だもの。

ずる休みの後は休んだ分、挽回しようと思うし。

いつしか、ずる休みをするのに最高の場所というのが見つかったりする。

みんなはどこでどんなずる休みをしているのだろうかと空想するのも面白い。

気になることはやってみる

神経質なわけではないが、急に些細《ささい》なことが気になってしまうときがある。ジーンズを洗濯しようと思い、洗濯機にジーンズを入れ、何を思ったのか、白いシャツも一緒に洗おうと洗濯機に入れて、スイッチを押した。

よく考えればわかることだが、ジーンズと白いシャツを一緒に洗えば、シャツにジーンズの色が移る。で、白いシャツはどうだったかというと、ほんのわずかだが、ブルーが色移りしていた。まあ、でもそれほど目立つわけではないと思って、そのときは気にならなかった。

ある日、そのシャツを仕事に着て出かけたのだが、人と会うたびに、シャツの色移りが気になって仕方がなくなった。今日一日我慢すればいいのだが、時間が経つにつれ、どうしても気になって、あげくに着替えたくなった。着替えるといっても、仕事があるので家に帰る時間はなく、どうしようかと悩んだ末、仕事の合間に、一時間だけ空いたので、その時間を使い、コインランドリーで漂白洗濯して、乾燥機で乾かせば、気が済むかと思った。

で、僕は、急いで仕事場に置いてあったTシャツに着替え、コインランドリーで洗濯し、一時間後、シャツは真っ白に戻った。そのとき、可笑《おか》しかったのは、忙しい最中に洗濯をしている自分の姿だった。しかし、そうしたことでシャツだけでなく、もやもやしていた気分もすっきりとリフレッシュできた。

気になることはあれこれ悩まず、人に笑われそうなことでも思うままにやってみるとよい。気が済むというのは、精神衛生上とても大切だとわかった。その後の仕事はとてもうまくできた。

「足元を見る」繁盛のセオリー

「足元を見る」という言葉がある。

昔、旅人相手の商売人が、やってきた旅人の履き物を見て、長旅で疲れているか、どんな旅をしてきたかを、履き物の汚れや、傷み具合から見定めた由来で生まれた言葉である。

その人の履き物を見て、その人の懐具合や、何を欲しがっているかを知るという商売人ならではの賢さである。

先日、ネイルサロンを経営する方に会って話を聞いたところ、そこでもお客の持ち物や服装はすぐにチェックすると言っていた。決して悪気はなく、お客をランク付けするような意味でもなく、お客が何に興味があり、何を求めているかを知り、今どんなコンディションなのかを判断するためである。

店として、お客にどのように尽くしたら喜ばれるかは命綱であるから、とにかく、まずはお客のことを知ることが大切だという。昔も今も、商売人というのは常にお客を丹念に観察し、百人百様の接客に努めることが繁盛のセオリーなのであろう。

英国の老舗靴店で靴を注文したことがある。その店の主人に靴の手入れで大切なのは何かと聞いたら、見えるところではなく見えにくいところの手入れをすることだと言った。とくにヒールだという。

靴を一生懸命磨くことよりも、ヒールの減りを気にするべきで、ヒールが減った靴は全体の傷みも早くなり、また一番見た目が悪く、だらしなく見える。ヒールの減りこそ、他人に足元を見られてしまうことだと教えてくれた。

多少汚れている靴でもヒールが減ってなければ良いとさえ言った。実は英国ではそのほうが好印象らしい。

「客ぶりの良さ」学びたい

ある方から「客ぶりの良さ」という言葉を聞いてはっとした。

たとえば、お店と客の関係というのは、お金をもらう側と払う側であり、お金を払うならば、それなりの満足をいただきたいという客の心情があるだろう。

しかし、お店側も人の子である。よくしてあげたいお客もいれば、そこそこでよいと思うお客もいれば、来てもらいたくないお客、早く帰ってもらいたいお客もいる。なぜなのか。

そこで「客ぶりの良さ」である。

「客ぶりの良さ」というのは、茶道の世界で使われる言葉である。おもてなしとは、もてなす側の主人と、もてなされる側のお客が互いに協力しあって、その場の雰囲気を高め合うのが理想とされている。そのときの客側のもてなされやすいように気遣う、所作、振る舞いなどの働きが「客ぶりの良さ」であり、その効果によって、おもてなしが完成するのである。

これは普段の生活にも応用できると思った。

おもてなしはしてもらうのが当たり前ではなく、お客としての協力があってのこと。客ぶりの良い自分であれば、いつでもどこでも、すてきなおもてなしを受けることができるだろう。

スーパーマーケットでも、レストランでも、デパートでも、店側から大切にされているのがよくわかる人を、ときたま見かけるが、それはきっと、たくさんの買い物をするからではなく、「客ぶりの良さ」によって好かれているのだ。

マナーよく、言葉遣いよく、相手を敬い、思いやりのある振る舞い、そして何より感謝の心をいつも伝える。

そんな「客ぶりの良さ」を学びたい。

旅の動機のような転職

この春（二〇一五年）、出版業界からインターネット業界に転職をした。表現としてあまり好きではないが、いわゆる紙からデジタルへの転身である。

なぜなのか。人に会うたびにそう聞かれる。僕の答えは、とても単純である。まるで子どものようだが、インターネットの仕事をやりたかった。ただそれだけである。笑われてもいい。

何をしたいのかはこれから考えることで、まずは単なるインターネットの一ユーザーから、インターネットを生み出す側、その未知の場所に自分が立っていたい、そこで仕事をしてみたいというのが正直な気持ちだ。さらに言うと、自分が知らないインターネットの仕事とは何だろうかという強い好奇心がそうさせたのだと思う。この目でそこに何があるのか見てみたいという旅の動機のようだ。

毎日が勉強である。

今日は社内で行われた「情報テクノロジー基本講習」（社員エンジニアによる）に参加し、「ウェブアプリケーションの構造」という入門講座を受けた。知らないことだらけで、とても面白かった。

素人が何を感じたかを書いてみる。まず、エンジニアにはプログラムを書くという作業があるが、それがとても人間的でユニークなのだ。使う言語にセンスが問われ、いろいろなことを考え、想像力を働かせ、いかにシンプルに美しく書くかという個性も表れる。

漠然とだが、エンジニアとは、大工さんのような職人に近いとも思った。試行錯誤しながら、一軒の家を何人かの職人で建てるのに似ている。しかも、伝統工芸的な技術とこだわりも存在している。なんてすてきな仕事なんだろうと感動した。

アナログ　まだ手放せない

アナログとデジタルは、暮らしのあらゆるシーンで共存している。

僕の場合、アナログとデジタルといえば、いわゆるフィルムカメラとデジタルカメラの使い分けである。仲間はどんどんとフィルムカメラを処分し、デジタルカメラの機材の充実を図っている。僕はプライベートではフィルムカメラを使い、仕事では完全にデジタルカメラを使っている。

フィルムカメラは、操作や撮影、現像、プリントといったプロセスに手間もお金もかかるし、失敗もある。それでも手放さないのは、いちいち感じる、最初から最後まで自分の手を使うという、確かな手応えがたまらないからだ。

先日の仕事でのこと。撮影を終え、メモリーカードに入ったデータを、パソコンに取り込もうと思ったら、あるはずのデータを読み込むことができなかった。いろいろと試してみたが、まったく読み取ることができない。調べるとメモリーカードの破損とわかった。

そのとき思ったのは、フィルムカメラは、写真の失敗はあっても、撮ったはずの写真がなくなることはない。デジタルカメラでは、まだまだ予測がつかないトラブルがあるだろうと怖くなった。

いわば、デジタルというのは、とても繊細だということだ。もっと言うと、デジタルは、そっと扱う気遣いが必要で、アナログは、多少雑な扱いをしても、あるはずのものが無くなるということはまずあり得ない強みがある。

うーむ、まだまだ僕は、アナログを手放すことはできなさそうだ。人間そのものが生粋のアナログだからだ。

「後味おいしい仕事」学びたい

先日ある著名な料理家の方が「食べた後もおいしい料理を作りたい」とおっしゃった。その言葉が忘れられない。

たとえば、夜眠る前に「ああ、本当においしかった」と思い、朝起きてもその気持ちがまだ残るような味だろうと想像した。いわば感動をするということだろうとも思った。

食べているときだけがおいしい料理はいくらでもある。あえて書かないが、安くて、早くて、量があるというものだ。それらは味が濃かったり、刺激的であったり、お腹《なか》を満たすことを目的とした料理であったりして、食べた後に、じんわりとおいしさが残ることはない。ときたま食べるにはいいのだが、習慣にしてしまうと、本当においーしい料理の味を忘れてしまうだろう。

このことは料理のことだけでないと思った。仕事においても、自分が関わった働きが人の心にじんわりと沈み、いくばくかの感動を人に与え、いつまでもその感動が心の底に残るようなものであってほしいと思う。

何も考えずに用件だけを済ます働きであれば、一過性の印象で終わるだけだろうし、そんな働きは、本来の仕事とは決して言えない。売ってさようなら、済ませてさようなら、右にあるものを左にという、心ここにあらずの仕事は、人の心を不感症にしてしまうだろう。喜びや感動の分かち合いも忘れてしまうだろう。

僕は、仕事の後に、いつまでもじんわりとよかったなあと人に思ってもらえるような働きをしたい。

「食べた後もおいしい料理」

そういう仕事や暮らし方を学びたい。

人の記憶にいつまでも残る味わいを伝えられるように精進したい。

どんな出会いも財産になる

第3章

人間関係の工夫・コツ

相手を気遣う魔法の言葉

「おとなりに失礼します」

ある日、バスのシートに座っていたら、初老の男性がこう言った後に会釈し、空いていた僕の隣に、すっと静かに腰を下ろした。しかも、シートへのお尻の置き方が、隣の僕に振動を与えないようにする細かな気遣いもわかった。

男性の所作があまりに自然ですてきだったせいで、僕も思わず会釈して、「こちらこそです」と小さな声で挨拶した。

その出来事は、その日だけでなく、ずっと僕の心の中に、すてきな出来事として残った。

バスや電車で、自分の隣にどすんと腰を下ろして知らんぷりされても、まあ、それはよくあることだし、頭にくることではない。けれども、あんなふうに、すてきなマナーを身につけている人に接すると、改めて、公の場でのマナーの大切さを思い知った。本当に。

「おとなりに失礼します」。なんてすてきな言葉だろう。

バスや電車だけでなく、病院の待合席や、飲食店など、他人と相席になる機会はたくさんある。そんなとき、このように相手を慮《おもんぱか》った所作と言葉を、誰もが身につければ、僕がそうだったように、言われたほうは感謝の気持ちが自然に湧いて、「こちらこそ」という言葉が、口からすっと出て、その場は和むだろう。

僕が感心したのは、単なるマナーだけでなく、「おとなりに失礼します」と言った、男性の言葉遣いである。

言葉は魔法というけれど、まさに僕は、そのたった一言の魔法で心が癒やされてしまった。

その一言が言えるかどうか。僕は男性の姿を思い出しながら自問した。真似でもいい。「おとなりに失礼します」が言える人になりたいと思った。

文字の会話にも礼儀あり

幼い頃の我が家は、中流にも届かない細々とした生活レベルだったが、両親の言葉遣いは子ども心にもていねいで美しいなと思っていた。とくに堅苦しくしているわけではなかったが、名前に「さん」をつけていたし、「親しき仲にも礼儀あり」という言葉を大切にしている家族だった。

とはいえ、今の自分の言葉遣いが美しいかというと、たまに母に会って会話をすると、申し訳ない気持ちになるときがある。

言葉遣いで気になるといえば、昨今広がるＬＩＮＥや、携帯電話のメールで、人とやりとりしているときに、ふと感じることがある。

相手と親しくなるほど言葉がだんだんとカジュアルになっていく傾向があることだ。

突然「今どこ?」とか、「〜だよね」とか、相槌《あいづち》を打つのに「ね」と一文字だけのときもあったりして、びっくりする。

会話に近いコミュニケーションが、目で見える文字で行われるから、余計にカジュアルさが気になってしまう。

ある日、あまりの言葉のカジュアルさに我慢ができなくなり、友人に「親しいからといって、あまりに言葉がカジュアル過ぎませんか。会って話すならともかく、文字でのやりとりですから、互いに言葉の使い方に気配りしましょう」と、思わず書いて送ってしまった。

すぐに「確かにその通り。簡単にやりとりできるから、会話と勘違いしていたかもしれません」と返事があった。

その後、ちょうどよい言葉遣いをしていきましょうと、友人と会って話した。

喧嘩　仲良くなりたくて

小学生の頃、三日おきくらいに喧嘩《けんか》をしていた。

スポーツにルールがあるように、喧嘩にもルールがあった。

武器は使わない。急所を蹴ったり殴ったりしない。血が出るようなことをしない。致命的な怪我《けが》をするようなことをしない。

そして、相手が「やめて」と言ったら、すぐにやめる。

三日おきに喧嘩をする相手は遊び仲間の中の五、六人と決まっていて、仲の良い友だちでもあった。

「なんだよ」「おまえこそなんだよ」「ふざけんなよ」「おまえこそふざけんなよ」と言っている間にどちらかが手を出す。そして「ようし」と、喧嘩が始まる。

先に書いたようなルールがあるから、殴り合いというよりも、取っ組み合いで、つかんで倒したり、寝技で押さえこんだりと、見た目はレスリングに近いかもしれない。しかし、感情は爆発させているから互いに半泣きしながら戦っている。

終わりは大概、疲れきって、どちらかが「やめて」と言うか、身体が離れたタイミングでこれまたどちらかが「ぷっ」と笑ったりして、喧嘩のムードが壊れたときだった。

勝ち負けという決着にはこだわりがなかった。毎回引き分けなのだ。決着がつかないから、同じ相手との喧嘩を繰り返していたとも言える。

僕はそんなふうな友だちとの喧嘩が好きだった。友だちが身体を使って感情をぶつけてきてくれるのは、なんだかうれしかった。

喧嘩をしていた友だちとはとびきり仲が良かった。大好きな友だちと僕はたくさん喧嘩がしたかった。もっと仲良くなりたかったからだ。

「ありがとう」一日に一〇〇回

「一日に何回、ありがとうを言うか、数えたことはあるかい？」

師と仰いでいる知人がこんなふうに訊《き》いてきた。休日のある日、夢や希望を実現させるためにはどうしたらいいか、と話し合っていたときのことだ。

「数えたことはありませんね……。うーん、でも一〇回くらいかなあ」

「私は一日に一〇〇回を目標にしているんだよ」

そう言うと、知人はさらに言葉を続けた。

「お店をやっていたりする人は特別だけど、そうではなくて仕事や暮らしの中で一日にありがとうを一〇〇回言うのはなかなか大変なこと。だけど、ありがとうを一〇〇回言うことが、夢や希望を叶える最高の秘訣《ひけつ》なんだよ」

知人は実業家として大きく成功している人だから、言葉に説得力があった。

「ありがとうを一〇〇人に言うことですよね。そんなにたくさんの人に僕は会えませんよ」

「いや違うんだ。ありがとうを言うのは人だけでなく、モノや植物、空や太陽というような、どんなものにも、ありがとうと言葉をかけるんだよ。そうすれば一日に一〇〇回言うのはむつかしくはない。いいかい、心が込められたありがとうという言葉は、言葉をかけた数だけ、言葉をかけたそれぞれが自分の夢や希望の実現を助けてくれるんだよ。わかるかい？　君もがんばれ」

と知人はにっこりと微笑《ほほえ》んだ。

えんぴつや机の上の花、窓からそよぐ風や、履いている靴、そんなモノにも、ありがとうを言う。もちろん、会った人にも、ありがとうを言う。

一日にありがとうを一〇〇回。

これはなかなか良い日課だと思い、その日から僕も続けている。数えるのは大変だから、数えずに二〇〇回くらい言うのがコツである。

「ようこそようこそ」感謝の心

先日とある会合に参加したとき、藍染めの生地に「ようこそようこそ」と白い文字で抜かれた暖簾《のれん》が飾られていた。

「ようこそ」という言葉が二つ並んでいるのを見ると、自分が知っている言葉の意味と違って思えて、とても不思議なあたたかい気持ちになった。

会合の半ば、鳥取県から参加した方があいさつをしたとき、「そこの暖簾に書かれた『ようこそようこそ』というのは、私の故郷、鳥取の言葉です」と話をしてくれた。

昔、鳥取県に源左という農民がいた。人が良くて、自分のことよりも人のために生きた源左の口癖が、「ようこそようこそ、さてもさても」だったという。

「ようこそ」というのは、「よくいらっしゃいました」という意味で使われることが多いが、鳥取県では「ありがとう」という感謝の心を表す言葉でもある。源左はいつも「ようこそようこそ、さてもさても」と言い、どんなつらいことも受け止めて生きた。「いつも本当にありがとうございます」というすべてのことに感謝の心を表す言葉であるという。

今、世の中はたくさんの困難が山積みになっている。不安や恐怖から逃げたくても逃げられない日々の中、私たちはどうやって生きていったらよいのかを、みんながそれぞれ考えている。

僕は思った。ここは腹を決めて、「ようこそようこそ」の気持ちで、しかと受け止めるのも、一つの知恵ではなかろうかと。

「ようこそようこそ、さてもさても」

僕も口癖にして生きていきたい。

男を甘やかさないで

電車のシートに座って本を読んでいたら、隣にカップルがやってきた。座った途端に男性が「あー、寿司《すし》食べたい、寿司食べたい」と言った。女性は「えー、また寿司ぃー。うーん、しょうがないなあ」と答えた。

目の前の窓ガラスに映った姿からすると、カップルは共に二十代後半に見えた。立派な社会人である。男性はシートに浅く座り、足を投げ出していた。

「よく考えたらオレお腹空いてないから、やっぱりやーめた」と男性は言った。それを聞いた女性は「何それー。私お金持ってるから行こうよ」と。「そっか、ラッキー。オレお腹空いてきたよ」と男性は言った。

僕は聞きたくもないそんな会話を隣にいるせいで一部始終聞かされた。

ある駅に着くと、女性が立ち上がり下車しようとした。男性は座ったままだった。「着いたよ。ほら早く立って」と女性は男性を叱った。男性は「はいはい」と言ってのろのろと歩いて電車から下りた。まるでわがままな坊やと、それをあやす母親である。僕は一人の男として、そのカップルに苛立《いらだ》った。

するとまた別のカップルが隣にやってきた。

男性は「あー疲れた、あー疲れた。ほんとに疲れた」と、「疲れた」を連呼した。すると女性が「大丈夫ぅ。がんばってね」と慰めた。またしても、わがまま坊やと母親かと僕は驚きと同時にため息をついた。

今の時代、男性より女性のほうが元気で、行動力があり、しっかりしているという。確かである。しかし女性が強くなっていくと、さらにわがまま坊やな男性が増えるに違いないのだ。そう途方に暮れながら、次の駅で僕は下車した。

世の女性たちよ。男を甘やかさないでほしい。

和式の家　叱られて育つ

義弟の四歳の娘が、我が家に遊びに来た。家の中を駆けまわる姿が無邪気でとても可愛い。それを見ていて、ああ、自分にもこんなふうに幼い頃があったなあと懐かしんだ。

同時に、他人の家に遊びに行ったときに叱られた、いくつものことが頭に思い浮かんだ。

戸の開け閉めを静かにしなさい。家の中を走ってはいけません、とは、口すっぱく言われ、言うことを聞かなければ、げんこつをもらったものだ。そしてまた、和室の入り口である敷居を踏んではいけませんとも。

他人の家に行くときは、畳の縁は、絶対に踏んではいけないとも言われていて、和室で遊ぶときくらい気を使うことはなかった。畳の縁は、家紋を入れたりすることから、いわば、その家の顔でもあるから、踏むなんてもってのほかなのだ。

置いてあるものはどんなものであっても、足でまたいではいけないともよく叱られた。人様に足裏を向けるというのも、必ずげんこつをもらうことだった。

昔話に終始してしまうが、とにかく子どもというのは、朝起きたときから寝るまで、何かと叱られたり、怒られたりしていた。

それが少なくなったのは、和式の家が少なくなったからだろうか。我が家は洋式の住居である。そうすると、いくら子どもが遊びまくっても、せいぜい静かにしなさい、きちんと片づけなさい、くらいで、注意することは一つもない。

先日、人の前を通り抜けた子どもが「一言失礼しますと言いなさい」と祖母らしき人に怒られていた。

いつかの自分のように思えて懐かしかった。

年賀状　立派な大義名分

年賀状の宛名書きはおっくうと思いがちだが、書き始めるとなかなか楽しいものがある。

普段、忘れてしまいがちな、あの人この人の顔が浮かび、ご無沙汰の人にどんな言葉を贈ろうか、お世話になった人にはなんてお礼をしようか、などなど。ペンを上げたり下げたりして、時間を忘れてしまうひとときを迎える季節がやってきた。

年賀状といえば、小学生の頃を思い出す。

少なくともクラス全員には出していたので、毎年五〇枚くらいは宛名を書いていた。お年玉つき年賀状を親に買ってもらい、失敗しないようにえんぴつで下書きまでしていたから、今思うと大変な作業だ。

好きだった同級生の女の子には、特別扱いして得意の絵を描いてみたりして心を躍らせていた。年賀状という大義名分は一年に一度の楽しみでもあった。そしてまた、年が明けてから、家族それぞれに届いた年賀状を父に分けてもらい、一枚一枚食い入るように見ては、なんだかんだと思いに耽《ふけ》る至福があった。目当ての女の子から届いた年賀状は、宝もののように大切にしたものだ。

ああ、懐かしくて仕方がない。

そんな記憶が心に残っているので、今でも人づきあいにおいて年賀状は立派な大義名分であり、苦労して書いて送る楽しみ、わくわくしながら届くのを待つ楽しみを味わっている。

一年に一度、年賀状だけのつきあいという関係もあるけれど、それすらありがたくてうれしいもので、途絶えないようにと思っている。

さて、年賀はがきも揃ったところで今日あたりから書きましょうか。

「すてきなこと」ネットで共有

暮らしにインターネットは欠かせなくなった。

地図や乗り換え案内、検索による調べものや、ショッピングなど、暮らしに必要とされる便利なツールやサービスが提供されている。

スマートフォンという片手で持てる小さなパソコンの普及によって、誰もが気軽にインターネットを楽しめる時代にもなっている。

先日、台湾を訪れたときに出合った光景が印象的だった。

ある家族がレストランの円卓を囲んでいたのだが、年老いたおばあちゃんが、カバンからタブレットを取り出し、ささっと慣れた手つきで操作し、家族に画面を見せたりして談笑していた。

すべての老人がそういうふうに使いこなせているとは思えないが、その光景を見て、ああ、時代は変わったなあと感じた。かつての夢だったテレビ電話も、今や日常に溶け込んでいる。

最近、僕がはまっている「Ｈｏｌｉｄａｙ」というインターネットサイトがある。自分が休日にでかけた場所や店をコメント付きで投稿し、ユーザー同士で「おでかけプラン」を分かち合うものだが、自分の楽しかった思い出をアルバムや日記のように記録していくのが実にうれしい。

こんな楽しいことや、すてきなことは、独り占めしないで、たくさんの人に伝えたい。自分ならではの発見や気づきをたくさんの人の暮らしに役立ててもらいたいという、インターネットの新しい使い方に満ちている。

一昔前まで、家族の休日の記録は、フィルムカメラによるアルバムだった。これからは「Ｈｏｌｉｄａｙ」のようなインターネットサイトになっていくのだろう。素晴らしいことだ。

うれしい誕生日専用手帳

バースデーノートというものを愛用している。手のひらにのる小さなサイズの手帳である。

ロンドンの旅の途中に、老舗文房具店「スマイソン」を訪れたとき、一目見て、これは便利だと思い手に入れた。黒い表紙に「ＢＩＲＴＨＤＡＹ」という文字が箔《はく》押しされ、中のページは、よくある電話帳の見出し部分に一月から十二月までが記され、たとえば、三月のページを開けば、カレンダーのようになっていて、三月何日が誰の誕生日かわかるようになっている。

もちろん、書き込むのは自分である。考えてみれば、普段使いのスケジュール帳に書き込んでおけば、それで済むことかもしれないけれど、誕生日専用の手帳というのが、なかなかうれしいものである。

この小さな手帳にみんなの誕生日が書いてあると思うと、心があたたかくなり、なんだか手を合わせたくもなる。

身近の人に誕生日を聞いてまわって、この手帳の空欄を埋めていくのも浮き浮きする。そして、ぱらぱらと見ては「五月に誕生日を迎える人は多いなあ」とか「二月は一人もいないなあ」とかつぶやいている。何より大切な人の誕生日を忘れないためにも役に立つ。

祝い方はそれぞれで、声をかけるだけでも、カードを贈るだけでもよい。あまり大げさにすると、かえって気を使わせてしまうから注意も必要である。まあ、自分がしてもらって気重にならず、うれしいことをすればよいと思っている。

最近の「フェイスブック」では、友人登録している人の誕生日を事前にメールで知らせてくれるらしい。こういう便利は余計なおせっかいである。

自分で覚えておくか、もうすぐですよ、と知らされるかの違いは、とても大きいのである。

オヤジギャグ磨くぞ

あまり大きな声で言えないが、最近オヤジギャグを楽しむようになった。

人前で言葉にするにはさすがに躊躇《ちゅうちょ》するが、一発芸的なフレーズを、人に教えてもらったり、調べて集めたりしてみると、なかなか素晴らしいものがある。そんなオヤジギャグは、ひそかにメモ帳に書き留め、声に出さずに読んでは、一人で肩を震わせて笑っている。

誰もが知っているオヤジギャグをいくつか記してみよう。

「ふとんがふっとんだ」「その日グラッチェ」「おっちゃんのお茶」「コーディネートはこーでねーと」「アルミ缶の上にあるみかん」「かえるがひっくりかえる」「ニューヨークで入浴」などなど。

いかがだろうか。まあ、いわば頭の体操とも言える言葉遊びである。とすると、オヤジギャグとは、頭の回転がよいことと、語彙《ごい》が豊富でなければ作れないものとも言えよう。そして、人を笑わすことができるオヤジギャグは、笑顔によって日々の暮らしを明るくする効能があるのではなかろうか。笑うことは健康にもよいと言われているし。

しかし問題なのは、オヤジギャグの正しい使い方。周りにいる女性陣に「オヤジギャグは迷惑でしょうか」と試しに聞いてみると皆口をそろえて「はい」と返事をした。なるほど、やっぱりオヤジギャグは嫌われているのか。中には「品が良く、下ネタでなければ楽しいので大丈夫」と言った女性もいた。

品の良いオヤジギャグ。

それでいて面白いというのはハードルが高いなあ。

いつか人前で披露する日のために、僕のオヤジギャグ研究はさらに続くだろう。

しあわせ　寄付のベンチ

旅の目的はいろいろとあるけれど、「あそこの公園の居心地の良いベンチでゆっくりと過ごしたいなあ」という欲求が、忙しい僕の背中をそっと押してくれるのである。

そう、僕はベンチ愛好家を自任している。

ベンチのある街への旅。

気候のよい秋はとくに楽しみである。

パリのリュクサンブール公園。ロンドンのハイドパーク。ミュンヘンのエングリッシャーガルテン。東京の日比谷公園。ニューヨークのセントラルパークなど。こんなふうに好きなベンチがある場所はいくらでも思いつく。とくに好きなのは、セントラルパークのベンチ。なんと九〇〇〇ものベンチがセントラルパークにはある。

ある日、気がついたのだが、ベンチをよく見ると、人の名前やメッセージが書かれたプレートが貼られている。

調べてみたら、セントラルパークでは、ベンチなどの維持管理のために市民からの寄付を募るプログラムがある。寄付をした人は、好きなメッセージと名前などを入れたプレートをベンチに貼ることができる。

寄付金は一口七五〇〇ドルから。約三〇〇〇のベンチに寄付が集まったという。なんて素晴らしいプログラムなのだろう。自分のメッセージプレートが貼られたベンチに座りに行って、友人とおしゃべりしたり、ぼんやりしたり、読書をしたり、手紙を書いたり、音楽を聴いたりするしあわせ。

実は東京都にも「思い出ベンチ」という寄付プログラムがある。興味がある方は、ぜひ参加してみてはいかがでしょうか。

ミニカーで育んだ友情

幼い頃、ポケットにはいつもミニカーが入っていた。一台ではなく、二台や三台くらい。

それは遊びのためでもあるが、たとえば、大人が文庫本をいつもバッグに入れているようなことに近い感覚で、退屈したときや、親に連れられて出かけたとき、おとなしくしているために、まるで本でも読むように、ポケットからミニカーを取り出してはジロジロ見て触ったり、手のひらで動かしてみたりして楽しんだ。

外に出かけるとき、お気に入りのミニカーをポケットに入れておくことは、絶対に忘れなかった。

同じような子はほかにもいて、ミニカーは僕にとってコミュニケーションツールでもあった。初めて遊ぶ相手には、まずは自分のミニカーをすべて取り出して並べてから、「お前、何持ってんの?」と言う。

すると、相手もポケットからミニカーを取り出して「オレはこれだよ」と並べて見せる。「ふーん」とお互い品定めして、「とりかえっこしよか」と、どちらかが言う。

これは「友だちになろうよ」という意味が含まれているから、「いやだ」と言えば、それでおしまい。「いいよ」と言えば、相手のミニカーから好きなものを選ぶ。

基本的には気に入ったものを持ち歩いているから、その一つが相手のものになるのは複雑な気分であるが、そうやって男の子は友だちを作っていく。

オレの大事なトラックはあいつが持っていて、あいつの大事なポルシェはオレが持っているという思いが、友情を育んでいく。そして、好きなものや大事なものを見せ合って、とりかえっこしたミニカーは、ことさら大事にしたものだ。

心をほかほかとあたためてくれる思い出である。

「迷走」救った下町人情

東京・東十条にどら焼きを買いに行った。いつもは電車で行くのだが、その日ははじめて車で行った。不慣れな場所のため、道順はナビを頼った。

帰ろうとするとナビは行きと違う道順を示した。車一台がやっと通れる狭い道だった。本当にこの道でよいかと不安になりながらも、すぐに道は広くなるだろうと信じて車を走らせた。

歩く人、買い物用のキャリーを引くおばあちゃんなどが、僕の車のために足を止めてどいてくれるのが申し訳なかった。小さな踏切が見えた。ナビはまだ直進を示している。踏切の先は道幅がさらに狭いアーケード商店街のようだ。

ここで引き返すにはバックで戻るしかない。車一台がやっと通れる道幅の狭さでバックで戻るのは不可能だ。僕はナビを信じて踏切を渡った。

商店街は十条銀座商店街とわかった。僕はウィンドーを下げ、「すみません、すみません」と声を出し、頭を下げながら車を直進させるしかなかった。全身から冷や汗が噴き出した。

すると、買い物をする人、商店の人が、嫌な顔を一つも見せず、あら、大変、とばかりに、店の看板や自転車などを脇にどけて、なんとか車を通してやろうと力を合わせてくれるではないか。しかも、腰の曲がった一人のおばあちゃんが「次の道で右に曲がりなさい」と誘導までしてくれるではないか。

十条銀座商店街のみなさま、大変、ご迷惑をおかけしました。

この場をもってお詫《わ》びいたします。

そして助けていただき、ありがとうございました、と大反省しつつ、あたたかな下町人情に触れた一日でした。

米国のフリーマーケット　温かな光景

　アメリカ各地では、昔から大規模なフリーマーケットがいくつも開催されている。正しくは、フリーマーケットではなく、アンティークショーと言う。

　マサチューセッツ州のブリムフィールドのアンティークショーは、年に三回開催されるアメリカ一規模の大きなもので何度か行ったことがある。

　行くと決めると、開催地近くの宿を予約するのが大変である。いわば世界中から古いもの好きが大勢集まるのである。普段は人が訪れることのない田舎町にホテルなどなく、開催時期のみ民家がペンション化するが、それも数に限りがある。

　来訪者の多くはキャンピングカーで寝泊まりするか、用意されたキャンプサイトでテントを張る。まあ、それも楽しみと言えばそうだが、アンティークショーに集まる人々は高齢者が多い。高齢者がほのぼのとテントで寝泊まりしている光景を見ると、アメリカはアウトドアライフが浸透してるなあといつも思う。

ほのぼのと言えば、会場でよく見かけるのだが、自分が探しているモノを書いた布を身体の前後に貼って歩いている人たちである。

そうやってぶらぶら歩いていれば、それを持っていて、しかも売りたいと思っている人が声をかけてくれる。もしくは「あそこにあったよ」と教えてくれたり、「僕もそれを探している」なんて情報交換したりもできる。

広い会場で自分の探しているモノを見つけるには、とてもいい方法だと感心した。にこにこしながら歩いているだけで、必要な情報が集まってくる。

微笑ましいなあ。

こんなローテクもときには見直したいと思った。人と人とのふれあいが、何よりあったかいのである。

育児はよい夫、よい妻で

しつけと育児の悩みは、世の中の親のほとんどが抱いているものであろう。

一〇〇人の子どもがいれば、一〇〇通りのしつけと育児があるというように、簡単ではない。中学生になった娘とは、ここ最近、目を合わせる機会が少なくなった。しかしこれも、彼女の自立心が、芽生えはじめたかと見守っている。

あっという間なようで、長かった今日までの娘との日々を振り返ってみた。そして、自分がしつけと育児で大切にしていたことを考えてみた。児童精神科医の佐々木正美先生の著書などから学び、実践してきたことだ。

一つは、急がないこと。

とにかく急がずして、じっくりと待つ。子どもに何かを言い聞かせたり、教えたりしたら、それから先は子どもにまかせる。こうしろ、ああしろ、と決して言わない。子どもが自分で理解して、できるようになるまで待つ。

次は、望みをできる限りかなえて、心を満たしてあげること。乳児のときから、子どもが望むことはできる限りしてあげる。その代わり、望まないことは決してしない。これは過保護である。同時に拒まないこと。「あとで」「今はだめ」と言わない。

そして、子どもの苦しみと、親の自己満足を交換しないこと。親の望みによって、子どもの自由を奪ってはいけない。

あらゆる人間関係を大切に築くこと。家族だけでなく、近所づきあいや、学校関係の人たちとのよい関係は、子どもの成長に非常に影響するものである。思いやり、親切、礼儀、感謝の気持ち、他人へのいたわりなど、子どもは、身近な大人を見て覚えていく。

しつけと育児において最も大切なのは、夫婦仲である。よい母親のためには、よい夫であるべし。よい父親のためには、よい妻であるべし。

丁度良いものを見つける

第4章

もの選びの工夫・コツ

おしゃれも練習が大事

秋から冬にかけては、おしゃれが楽しい。シャツにジャケット、コートにパンツ、マフラーというように、身につけるものが多くなるからだ。

おしゃれの楽しみの一つに、組み合わせがある。

素材、柄、色、デザインというように、どんなふうに組み合わせたらバランスよく、おしゃれができるのか、これがなかなか簡単そうでむつかしい。

シャツやコートなど、上質な服を単品で身につけただけでは、おしゃれにはならない。何よりも組み合わせが大事である。よいものを着ることで、人より目立つかもしれないが、目立つことがおしゃれだと、勘違いしてはいけない。

どうしたらよいか。鏡の前で一人ファッションショーをしてみるのもいいだろう。

あれこれと組み合わせを試してみて、バランスのよい組み合わせを見つけて、パターンをメモしておけば、出かけるときに役に立つだろう。

しかし、そんな組み合わせでいざ外に出かけてみると、しっくりこないと感じることがある。家の中で見る感じと、外で見る感じが違うのだ。組み合わせのバランスは外で見ないと、なかなかわからないことが多い。

僕はこうしている。

人に会わない休日の午前など、これはどうだろうと思う組み合わせをして、近所に散歩に出かけてみる。要するにおしゃれの練習である。そうすると、その組み合わせがよいか悪いかがよくわかる。

そんな練習を繰り返して、バランスのよい組み合わせを見つけておくと、人に会う大事な日のおしゃれに悩むことはなくなる。

何事も練習である。

ズボン丈　美しく見せる

一般的に男というのは、年齢と共にファッションがダサくなるそうだ。

おそらくだが、二十代なり、三十代なり、年齢のどこかで、「こんな感じが好き」という、自分のスタイルが出来上がってしまい、そこから先は進歩せず、四十代になっても、五十代になっても変わらぬファッションであるから、傍目《はため》にそう見えるのだろう。女性はそうでないらしいが本当だろうか。

男のファッションで気になるのは、ズボンの丈である。

ジーンズは折ってはくのが当たり前で、昨今、それがおしゃれと思われているが、本来は身長が伸びる成長期の子どもがするもので、大人がするものではないだろう。要するに長いのだ。スーツのズボンにしても、チノパンなどにしても、ワンクッションがよいとか言って、大体長くて、シルエットが台無しである。

ズボンの丈は横から見て、靴に触るくらいがシルエットは美しい。いつもよりちょっと短めであろう。そのためには、試着して丈を詰めてもらっても一度で決まることは少ないと知るべし。僕は丈詰めをしたズボンを一日はいて、もう一度、詰めてもらうことが多い。ウエストの位置が歩くことで変わったりするからだ。そうしてやっとぴったりになる。

サイズがぴったり合ったズボンは座ると足首がよく見えてしまう。ズボンがおしゃれでも、どうせ見えないと思ってはいたソックスが釣り合っていないと恥ずかしい思いをしてしまう。

ズボンの丈と、見られることを前提に選ぶソックス。たったこれだけでも、随分おしゃれになる。

テーラーメイドにハマる

ジャケットを生まれて初めてテーラーメイドで仕立てた。

客の体の寸法を細かく測り、良いところと悪いところを見極め、上着を着たときに、スタイル良く見せるのが仕事だと職人は言った。

僕の場合は、バストとヒップが同じサイズであるのが良いところ。腕の長さが左右で七ミリも違い、肩の高さも微妙に左が下がっているのが悪いところである。

どんなジャケットに仕立て上げたいのかを職人に話した。

今まで着てきたジャケットの着心地の良さ、好きなデザイン、求めるフィット感をとことん話した。

職人が映画好きと聞いて、映画「ゴッドファーザー」で観た、かっこいいジャケットの、あんなところやこんなところを話したら、やはり職人なりの見どころはしっかり押さえてあり、話は盛り上がった。

シワがなく、動きやすく、サイズを体にぴったりと合わせる。そして、デザイン、好きな生地、ポケットなどの仕様は好みの通り。わがままはなんでも言ってくださいと職人は言った。

採寸の後の仮縫いが一番時間がかかった。仮に作ったジャケットを細かくこうしたいああしたいと調整するからだ。採寸から出来上がりまで二ヵ月かかった。

仕上がったジャケットを着たとき、自分の体にサイズが合うということは、こんなにも楽であるかと感動した。サイズがぴったり合うことの見た目の美しさに驚いた。太ったり痩せたりしても多少であれば調整できると聞いて安心した。

決して安くはないが、満足度は数段高い。やみつきになりそうだ。

ネクタイ幅のルール

テレビを見ていると、男性アナウンサーのネクタイの太さが妙に目立つときがある。ネクタイにも流行《はや》りがある。色柄だけでなく、太いものや細いものなど様々ある。太いネクタイをしめようと、細いネクタイをしめようと自由であるけれど、ジャケットの襟の幅とネクタイの太さのバランスが悪いときは、どうしても見た目が気になる。

ネクタイの幅は、ジャケットの襟の幅と関係しているのはご存じだろうか。

襟は上から下へ狭くなっていくが、ちょうど、胸ポケットがある辺りの襟の幅と、同じくらいの幅のネクタイを選ぶのが一番よい。これは男性の身だしなみとして知っておきたい大切なルールである。

ジャケットの襟の幅よりも幅のあるネクタイはバランスが悪く見えるから、決して選んではいけない。ちなみに、襟の幅よりも細いネクタイをしめるのは、極端でなければ許されている。

最近、流行りのジャケットの襟はとても細いデザインが多い。よって、ネクタイも細いものが人気である。

とにかく、一番注意しなければいけないのは、ジャケットの襟の幅よりも幅のある太いネクタイをしめることである。ネクタイばかりが目立って滑稽になる。しかしながら、この失敗例が意外と多い。ジャケットは新調するけれど、ネクタイは気に入ったものをどうしても長く使い続けてしまうからだ。

男性諸君、鏡の前で、ジャケットの襟とネクタイの幅のバランスを確かめる習慣を身につけようではないか。これだけで見た目がシャンとする。結び目は緩めずしっかりと結ぶとよい。

傘の巻き方から学ぶ

ある雨の日、友人に借りた傘をさしてみたら、傘の生地に当たる雨粒の音が、「ポン、ポン、ポン」と、なんとも耳に心地よい音で驚いた。

尋ねると、その傘は英国製で、しかも王室御用達というからシャッポを脱いだ。開いた傘の生地がピーンと思い切り張っているから、雨粒が当たると傘自体がまるで太鼓のようになる。持ち手や柄は一本の木を削りだしたもので、よく見ると、英国の優れた手仕事がわかった。

友人に礼を言うと、傘の巻き方を知っているか、と聞くから、知ってるとも、と答えて、くるくると巻いてあげた。

すると友人は、何も知らないんだなと言って、せっかく巻いた傘をほどいてしまった。そして、こうやるのが傘の正しい巻き方だと言って、傘の先端を上に向けて持った。

友人が教えてくれた傘の巻き方はこんなふうだ。

まず、先端を上に向けた傘の生地をきれいに整える。ぐるりと一周させて、生地が骨の中に折り込まれていないかを確認する。そして、ちょうど三角になった生地を一枚、指でつまんで、ぐっと下に引きながらぐるりと巻く。巻いたらそれを、柄を持っている側の親指で押さえておいて、次の一枚も、ぐっと下に引きながらぐるりと巻く。生地の折り目の重なりが均等になるように整えながら巻く。そうすると、さらにきれいに仕上がる。すべてを巻いたら、ストラップで留める。

細くしっかりと巻かれた傘は、まるでステッキのようだ。

英国では傘の巻き方を見れば、その人の暮らしがわかると言う。しかも英国には、傘巻き職人もいるらしい。

傘一本からこんなにも勉強ができた。

愛くるしさに一粒も残さず

サンフランシスコに暮らす、アメリカ人の友だちに、ご飯茶碗《ちゃわん》を家族の分、プレゼントした。お米はアメリカにおいて、すでに定番の食材で、一般家庭でも日本食の人気は高い。週に一度はご飯を炊くというから、ご飯茶碗は大層喜ばれた。

平皿で食べるのではなく、ご飯茶碗を手で持って、あまり汚すことなく、最後の一粒まで残さず食べるのが正しいと教えると、それは美しくて素晴らしい日本の文化だと、友だちは感心した。

ご飯茶碗は、私たちにとってあまりに日常的な食器であるから、なんとなく家にあったり、いつしか集まったりしたものを使っていて、わざわざ吟味して揃えることがありそうでないことかもしれない。ご飯茶碗の善し悪しにこだわる人も少ないだろう。

だからこそ、決して高級品でなくとも、日本古来の伝統に基づいた手仕事で作られた良品を選びたい。日常の食器であるから、一つ三〇〇〇円を超えない値段だとうれしい。

日本で最初の施釉《せゆう》陶器として知られる瀬戸焼。東日本で焼き物を「瀬戸物」と呼ぶくらいに一般的な食器として使われてきた。しかし、平安時代から続く伝統的な瀬戸焼が実際どんなものかを知る人は少ないだろうし、その昔ながらの瀬戸焼が今、どこで手に入るかもわからない。そこで調べてみると、一里塚本業窯という窯元があり、今でもろくろを使って瀬戸焼が作られているとわかった。早速、手ごろな大きさのご飯茶碗を入手した。そのご飯茶碗が実にいい。うすいグリーンがかった釉薬《ゆうやく》の風合いや、手に持ったときの重さとかたちが、それこそご飯を一粒残さず食べたくなるような愛くるしさに溢れている。

そんなことで、ご飯茶碗は一里塚本業窯で揃えた。ささやかなぜいたくである。先に書いたように、友だちへのプレゼントにも重宝している。

扇子　選んで贈る楽しみ

夏になると、知り合いや友人、会社の部下に、扇子をプレゼントするのが恒例になっている。

年を追うごとに夏の暑さは厳しくなる一方だから、色とりどりの扇子を手にして、みんな喜んでくれている。

扇子は、京扇子の老舗「宮脇賣扇庵《ばいせんあん》」の銀座店を贔屓《ひいき》にしている。梅雨が明けた頃を見計らい、築地市場に朝食を食べに出かけたついでに選びに行く。

差し上げる人の顔を浮かべながら、あの人はこれ、この人はこれと扇子の柄を選ぶのはとても楽しい。しかし、ひと夏で十数本選ぶとなるといくらなんでも往生をする。しかも毎年差し上げる人もいるから、さらに悩まされる。

自分用については、鳥獣戯画が施された扇子が好きで、いろいろなバリエーションを選んできた。しかし、最近は柄物に飽きて、高座扇《こうざせん》という落語家が高座で使う、扇面に色柄のない、白いシンプルな扇子を使うようになった。骨の素材に、すす竹を使った少しぜいたくな高座扇が、今のところ気に入っている。

調べてみると、江戸時代には、正月になると親しい人に白扇《はくせん》を贈るという習慣があったらしい。その他、扇子は贈りものとしての歴史が長い日用品の一つともわかった。自分がうれしいことを他人にもしてあげたいという考えからすると、今年の夏は扇面に色柄のない、高座扇を贈りものに選ぼうと思った。「宮脇賣扇庵」では、高座扇は店頭には並べていないので奥から出していただく。

選ぶ苦労もなくなり、もらった人も、真っ白の扇子なら使い道も広がり、その新鮮さに喜ぶだろう。

パナマ帽で来夏も快適に

今年の夏は暑かった。

九月になると、こんな台詞《せりふ》を毎年つぶやいているような気がする。そうやってその年の暑さと、また来年、と手を振って別れたいのだが、大抵はまだまだ暑さは続き、そう簡単には去ってはくれない。だからもうしばらくは同じ台詞を何度かつぶやくだろう。

ようやく暑さが去った後には、さすがに夏の疲れがじんわりと出てくる。身体だけではない。ひと夏分の陽射《ひざ》しをたっぷりと浴びた、愛用のパナマ帽もくたくたになっている。おつかれさま、と言いながら、かたちを整え、水拭きの手入れをするのも夏の終わりの習慣である。

陽射しを遮り、長く被《かぶ》っていても蒸れることのないパナマ帽には、網目の細かさでランクがある。網目の粗いパナマ帽は手に入りやすいが、本場エクアドル産で、網目の細かいものは憧れの逸品である。僕のパナマ帽は中ランクであるが、それでも手に入れるのに苦労した。

夏の昼間、外に出るときは、必ず帽子を被りなさいと、幼い頃、母にうるさく言われた。それは雨の日に長靴を履くのと同じくらいに嫌なことだった。寒い日でも薄着、雨の日でも運動靴、暑い日でも帽子なし、というのが、かっこ良いと思っていた。

しかし、大人になった今、夏の昼間にパナマ帽は欠かすことはできない。厳しい陽射しの中、一度被ってみると、こんなに快適なのかと思うくらいである。

昔に比べると、帽子を被る大人は少なくなった。

来年も夏になったらパナマ帽をさっそうと被って、身だしなみを整え、涼しく街を歩きたい。

「今のうちに」はどんなとき?

夏まっさかりになると、秋冬シーズンの洋服が売り始められる。とても暑い日に、冬の寒い日のための洋服を買うのである。うーむ。

といっても、ほとんどの人はそんな買い物はしないだろう。とうとう寒くなったときに、必要と思う洋服を買いに行く。それが普通である。けれども、夏に冬服が売られ、夏に冬服を買う人はいるのである。その逆も当然ある。

そのあたりの事情を洋服屋で働く知人に聞いてみた。

すると、夏に売られ始める冬服というのは、その季節の新しいデザインであったり、一般的な洋服よりも質のいい洋服であったりする。で、そういった洋服は数に限りがあるので、欲しい人にとっては、「今のうちに」というように早い者勝ちとなる。

なるほど。夏に冬服を買う人というのは、季節ごとに洋服を買うおしゃれな人ですね、と聞くと、知人はうんうんと頷《うなず》いた。

ちなみに、夏に売られる冬服の値段は高く（というか定価です）、冬のさなかにセールとなり安くなることもあるという。それを聞いた僕は、わかったような、わからないような気分になった。それなら寒くなってから、冬服を売り始めれば、誰もがいい洋服を買えるではないかと考えたからだ。おしゃれな人は、なぜそんなにせっかちなのだろう。

しかしながら、夏の終わりにセールになった夏服を「今のうちに」と買う人がいるように、洋服を買うタイミングは人それぞれだ。洋服の楽しみ方が人それぞれであるように、「今のうちに」というワクワクした感覚も人それぞれなのだろう。

さて、あなたの「今のうちに」はどんなときでしょうか？

下着で贅沢　しあわせ気分

冬になると、週の半分は、タートルネックのニットを着ている。ジャケットをはおればカジュアルにはならず、暖かさもあって重宝する。

最近のニットは、スリムにデザインされていて、とくにタートルネックのニットは痩せていないとかっこ悪い。だから僕は、毎冬タートルネックのニットを着るために、頑張って体形を維持している。

タートルネックのニットを着るとき、インナーに何を着るかというと、Tシャツである。Tシャツもいろいろあり、夏にアウターとして着るものと、冬にインナーとして着るものは別ものとして考えている。その違いは、フィット感と素材にある。インナー用は、身体の線にぴったりして、素材は、シルクとコットンの混紡など、柔らかい肌触りのものがよい。

そのインナー用のTシャツだが、安いのから高いのまでいろいろあって、これがまた選ぶのに苦労する。下着に近い感覚なので、心地良さというのは、試着だけではわからず、ある程度着てみないとわからない。

いわばインナー用のTシャツは、下着と一緒で、見えないおしゃれであり、どうでもよさそうだけど、どうでもよいとしてしまうと、なんだか貧乏くさくなりそうで嫌なのだ。

僕はインナーにはこだわりたい。

いろいろと試してみた結果「HANRO」というブランドのTシャツを選んだ。着心地は最高であるが、なかなかの値段である。けれども、いわば下着というものに贅沢をすると、なんだかしあわせな気分に満たされてうれしくなる。

あれ？　僕は女性化しているのだろうか。

骨董屋巡り　旅の楽しみ

旅の楽しみに骨董《こっとう》屋巡りがある。馴染みの骨董屋に「おひさしぶりです」と顔を出し、好みを知って用意してくれた品々について、あーだこーだ言った末、買ったり買わなかったり。まあ、買うことが多いけれど。

ある日、仙台に行く用事ができた。

仙台では骨董屋巡りをしたことがなかった。チャンス到来と、骨董に詳しい知人に僕の好きそうな骨董屋を教えてもらった。こういう場合は何が欲しいのかを伝えなくてはいけない。東北ならではの土人形が欲しかった。そう伝えると知人はそれならここがよいと、公表しないことを条件に、ある店を教えてくれた。蒐集《しゅうしゅう》家にとって情報は貴重なのだ。

はじめて訪ねる骨董屋くらいわくわくするものはない。何度か通うと大体の品揃えはわかるからだ。

骨董屋通いというのは、そこに何がどのくらいあるのか、わからないくらいの浅いつきあいの頃が楽しいのだ。自分との相性みたいなものも時間をかけて探っていくのもたまらない。

教えてもらった骨董屋は望み通り、土人形の宝の山だった。東京では見ることすらできない逸品が、所狭しと揃っていて、いやあ、驚いた。

しかし、こういうときほど、買い物は一つに留《とど》めたい。欲張って手をつけると次に行く楽しみがなくなる。悩んだ末、高さ二〇センチ程の堤人形の犬を買った。

堤人形とは、仙台・堤焼の陶工が、冬に作る副業として生まれた手仕事品だ。愛《あい》嬌《きょう》のある顔に一目惚《ぼ》れ。江戸末期から明治にかけての作だろう。窓辺に置いて眺めて悦に入っている。

しかし、やっぱり買わずに置いてきたあれこれが気になって仕方がない。仙台通いが続きそうだ。

理容店の椅子　実に快適

僕は二週間に一度、理容店で髪を切ってもらうのだが、そのたびに感心するのは、施術をするために座る椅子の座り心地の良さである。

理容店の椅子というのは、電動によるリクライニングが可能な、大きなソファのような椅子であるが、その快適さと言ったら、一日中座っていても腰も背中もお尻も痛くならない、なんともちょうど良いクッション性に富んでいる。髭剃《ひげそ》り時は、ベッドのように平らになるが、それもまた、格別の寝心地である。

この椅子はどういったものなのか、と一度だけ聞いたことがある。理容店用の椅子は、日本の会社が製作販売していて、その機能は世界中で評価されているとのこと。しかも、一台五〇万円以上するとも聞いて深く納得した。

そうだよなあ。理容店のサービスというのは、技術だけでなく、施術をしているその時間がいかに快適であるかも含まれるだろう。そう考えると、理容店にとっての椅子は、ハサミと同様、大切な道具の一つだ。高価であるのは当然。座っただけで、ホッとできるかどうかが、いのちである。

そんなことをぼんやり考えながら、家の近所の美容室を外から覗《のぞ》くと、簡素な木の椅子を使っている店があって、お尻痛くないかなあと人ごとながら心配する今日この頃である。

インテリアとしては、とてもおしゃれであるけれど、長い時間を過ごす椅子としてはどうなんだろう。いやしかし、一台五〇万もする椅子を揃えるのは大変。街の理容店も決して楽ではない。これからは感謝して座ろうと心している。

丈夫な米ドル紙幣

アメリカを初めて訪れたのは十七歳の秋だ。

成田空港で、なけなしのお金をドル紙幣に両替し、ドキドキしながら飛行機に乗り込んだ。

目的地のサンフランシスコ空港に近づくと、隣の席に座った紳士が、おもむろに財布からドル紙幣を取り出して、一枚一枚を手で小さく丸め始めた。そして次に、丸めたドル紙幣を伸ばして、元に戻した。

じっと見つめていた僕に気がついた紳士は「ドル紙幣は、新札のままだと指が滑って使いづらいんだよ。だから、こうしてクシャクシャにしておくんだ」と言った。

紳士のこんな仕草《しぐさ》がとてもかっこよくて、それ以来、僕も新札のドル紙幣は、使う前に一枚一枚クシャクシャクシャにするようになった。その効果は、使ってみたらすぐにわかった。

アメリカのドル紙幣は、丈夫で五十年は持つと聞いたことがある。綿と麻の混紡らしい。そしてまた、綿花が不作のある年、アメリカ造幣局はジーンズ会社に依頼し、ジーンズの端切れでその不足を補ったというエピソードもある。

そうなると、ドル紙幣というのは、紙というよりも、かなり布に近いと言ってもよいのだろう。ときたま、セーム革のように柔らかくなったドル紙幣を見つけるが、よくも破れないと感心するけれど、紙でなくて、布と思えば納得ができる。

日本のお札は、高級和紙の原料である「ミツマタ」が使われている。その品質は世界で使われている紙幣の中でも、かなり高品質とのことだ。自慢してもいいだろう。

枕選び　たどり着いた先

幼い頃から寝つきが悪かった。大人になってから、寝つきを良くしようと工夫を凝らして今に至っている。

手始めに、寝具にこだわった。

掛け布団は軽いほうがいいと教えられ、薄くて保温性のあるものに変えてみた。その軽さゆえに、最初は心細さを感じたが、すぐに慣れて快適になった。

ベッドリネンはいつも清潔にする心がけが大切である。洗いたてのさらさらであることは快眠の基本。ベッドに入ったときの心地よさは格別である。

で、枕である。

枕は快眠グッズの中でも一番人気で、自分に合う枕さえ手に入れれば、勝負は勝ったも同然。しかし、その枕選びほど、奥の深いものはないと思い知った。

いわゆる低反発枕や健康枕、といった、首や肩に負担がかからないと言われている枕を、次から次へと買って試したが、これがまた、なかなか自分に合うものが見つからなくて困った。

はじめは目新しさに惑わされるが、しだいに快眠ではなく、不快眠を感じてしまう。枕は使ってみないと相性がわからないのが難点である。そうなると、いわば枕難民状態である。別の枕を買っては試すの繰り返しである。

しかし、神様は僕を見捨てなかった。羽毛枕の二個使い、それも羽毛の量を自分に合わせて調節してくれる業者に行き着いた。僕の場合は二〇〇グラムと三五〇グラムの枕を重ねて使うのだが、首と肩の受け止め方が、これ以上でもこれ以下でもないほど絶妙であった。

万歳。今まで味わったことのない快眠を手に入れることができた。

しかし、寝室には、枕コレクションとばかりに、往年（?）の枕がずらりと置かれている。それの始末を考えると、寝つきは以前に戻ってしまう。

フィルムカメラへの愛着

中学生の娘に、カメラを撮るときの動作をさせてみると、カメラを持った両手を顔から離して、小さな液晶モニターを見るような姿勢をとった。もしくは「こうかなあ」と、携帯電話を片手で持って腕を伸ばした。

彼女の年齢だとファインダーから被写体を見て、シャッターボタンを押すという経験が、生まれてから一度もないから、こうするのも仕方がない。

デジカメの便利さを嫌うわけではないけれど、なけなしの小遣いでフィルムを買い、しかも三六枚という限定数の中で何を撮ろうかと真剣に考え、明るさを気にしながら露出を判断し、ピントを合わせて、ぶれないように息を止め、シャッターを切るという、昔ながらのフィルムカメラの楽しみが懐かしい。

そして、撮り終えたフィルムを現像とプリントに出し、待っている間のわくわく感。プリントを見て、落胆したり、喜んだり。そんないちいちに胸がきゅんとなった。

そういう思いがあるから、今でもフィルムカメラで写真を撮るのが趣味になっている。デジカメでは味わえない、なんとも言えない感覚がたくさんある。それは人にたとえると、いいところとダメなところの両方を受け止めてつきあうような、言うなれば人間味を慈しむ心持ちに近いものがある。

ある時代の道具（たとえば電気を使わない）は、みんなそうだった。

人でもモノでも、いいところだらけの優等生に愛着が湧かないのは僕だけだろうか。ダメなところがあってこそ、少しのいいところが輝くのであろう。

いいところとダメなところの両方があるからお互いさまという、のんきな気分がいいのかもしれない。

うん。

読ませるのが「良い写真」

ある日、コーヒーを飲みながら写真について友人と話した。写真の良し悪《あ》しとはどういうものかと、どちらともなく話題にした。

とどのつまり写真というものは読むべきものだ。何を読むかというと、そこに表現されている物語だ。良い写真というのは読むべき物語があり、駄目な写真というのは、読むべき物語が一つもないということ。

一枚の写真があるとしよう。それを見た者が、ふと心を捕らわれるということは、何かしら心に引っかかる小さな要素があるということだ。その要素こそが物語の断片であり、はじまりである。

子どもが一人で座っていることを要素としよう。その子どもは一体何をしているのか。その子どもはどこからやってきて、何を考えているのか。これからどうしようとしているのか。まわりにあるものと、どのように関係しているのか。そういうことが次から次へと文章となってうごめいて、あるときは起承転結となって、感動すら与える物語となる。

このように見る者の文学的なイマジネーションを駆り立てることが、写真を読ませる、すなわち良い写真の条件である。

考えの角度を変えてみる。

小説という物語は、何百ページにもわたって書かれた文章である。では、写真が読むべきものであるならば、写真はたった一枚の描写で、何百枚なり、たとえば数十枚なりの文章を表現しようと試みた行為。

よって、写真というのは見るものではなく読むもの。しかもじっくりと読んで楽しむものであろう、というのが、僕と友人の一致した考えだった。

いかがであろうか。

愛読誌『銀座百点』新たに

「いつもどんなものをお読みですか?」とよく聞かれる。そんなとき「好きなのは、今も昔も『銀座百点』」と答えている。創刊当時から最近の号まで、一〇〇冊以上のバックナンバーをコレクションしている。

昭和三十年に銀座のPR誌として創刊した『銀座百点』。お客様から百点満点をもらおうと思って作られた。

バッグや上着のポケットに入れて邪魔にならないようにと考えられた、横長の小さなサイズが実にいい。買い物の途中に喫茶店で読んだり、帰りの電車で読んだりと楽しんでいる。

内容は、文化人や作家、銀座にゆかりのある方々の座談会や対談、エッセー、掌編小説、銀座のあれこれと買い物案内、俳句など、読みごたえたっぷりだ。一冊を読み終えると、買い物や散歩と違った魅力の銀座を堪能した気分になる。何よりいちいち洒脱《しゃだつ》で品性がある。それに憧れてしまう。僕は銀座が大好きだ。

『銀座百点』の魅力は、表紙の美しさにもある。一番古くは佐野繁次郎の筆によるものだ。ここ最近までの小杉小二郎さんの絵が好きだった。そんな『銀座百点』が新しくなった。

今年（二〇一五年）から、表紙とアートディレクションをクラフト・エヴィング商會が手がけるようになった。新しい表紙いいなあ。なんだかさわやかな風が流れているようだ。

中を開けば、朝吹真理子さんや半藤一利さんのエッセーなど新連載がたっぷりだ。そういえば、向田邦子さんの「父の詫《わ》び状」や、和田誠さんの「銀座界隈《かいわい》ドキドキの日々」など、『銀座百点』から生まれた名作がたくさんある。

これからも『銀座百点』から目が離せない。

小型愛蔵本の美しさ

東京・神保町近くに三月書房という小さな出版社がある。「三月書房といえば小型愛蔵本」、と連想する方はかなりの本好き、読書家であると信じたい。僕もその一人である。

小型愛蔵本は、今や希少な手仕事による箱付き、糸綴《と》じの上製本（いわゆるハードカバー本）で、タイトルが金属活字になっている。今時、これほど精魂こめて本を作っている出版人がいるのかと、新刊が刊行されるたびに感心する。手の中で本を開くと、とてもしっくりくる小さくてかわいらしい一冊である。そして、そのほとんどが上質な書き手による随筆であるからうれしいばかりだ。

小型愛蔵本の出版は一九六一年に始まり、五十年以上たった今でも続いている。書き手の名前を連ねてみよう。福原麟太郎、網野菊、戸板康二、奥野信太郎、壺井栄、安藤鶴夫、辻嘉一、江藤淳、池島信平、志賀直哉、小沢昭一、高橋誠一郎など、錚々《そうそう》たる名前が並ぶ。作品の数は八十を超えている。

僕と小型愛蔵本の最初の出会いは、奥野信太郎の「町恋いの記」（六七年）だ。昔、どうしてもこの本を読みたくて、東京中の古本屋を歩いた。古本屋で「三月書房の小型愛蔵本はありますか」と聞くと、どの店も「ああ、あの小さないい本ね」と、必ず何冊かはあったものだ。

そうやって集めた小型愛蔵本を本棚に並べると、これまたなかなかいい風景ができあがって、満悦な気分が味わえた。

小型だから場所もとらず、佇《たたず》まいもとても美しい小型愛蔵本は、今時の本のありようの一つであろう。限定特装本もある。「著者になりたい」という作家も少なくないと聞く。

何歳になっても発見いろいろ

第5章

歳の取り方の工夫・コツ

七十歳をしあわせのピークに

私は最近、自分の将来について、こんなふうに考えている。

世間的に言えば中年の域に達し、これからの人生を考えれば、どちらかというとしぼんでいくように思われる。もうおじさんだし、プレイヤーとしてはピークを迎え、そろそろ若い人に席を明け渡していくというような感じだろうか。

しかし、いや待てよ、四十代は、はな垂れ小僧であったはず。二十歳の成人から数えれば、まだ社会人歴二十年そこそこである。で、なんとか七十歳まで働こうと思えば、これから先の道のりは長い。弱音を吐いている場合ではない。

ということは、この歳でそろそろではなく、これからではないか。そうだ、これからが本番である。

そう考えたら急に元気が出てきた。うむ、いわば人生とは四十代からであり、これから巣立ちして羽ばたくのであろう。そうして、五十、六十と、どんどんと人生を輝かせて、七十歳で一番しあわせになるピークを迎えたい。

なるほど、七十歳でピークならば、四十代でいろいろと仕切り直して再スタートし、それからの三十年の生き方が物を言う。なので、成りゆきで生きるのではなく、強気で攻めていかないといかん。

世の中年諸君。不景気や老後資金や年金問題、雇用の不安などに悩んで、しょんぼりするのではなく、七十歳になったときに花を咲かそうではないか。今、五十歳でも、あと二十年もある。そう考えたら時間はたっぷりある。

そして、かっこよく老前整理もしておいて、ピークを迎えた七十歳でスマートに席を譲ろう。

今こそそういう時代なのだ。

年表作って読書を奥深く

歴史ものの長編小説などを読んでいると、登場人物が多く、時代もあっちこっちと飛ぶことがあるので、ときおりわけがわからなくなる。わけがわからないまま読み進めるのは、読んだ気にはなるけれど、せっかくの内容が頭に入ってこないので面白さが半減してしまうし、もったいない。

そんなときは、作家の丸谷才一さんが著書で書いていたように、年表を作るようにしている。

手間はかかるけれど、時系列に出来事を整理して、登場人物もそこに書いていくと、読んでいて気がつかなかった発見もあり、何より目で見てわかるものがあるという安心感は大きい。

しかも、年表作りは、思いのほか楽しくて、一冊を読み終わったときに見直すと、また違った読書の達成感がある。もう、本当にいいことを教わったと、丸谷さんには感謝している。

さらに、わかっているつもりだけど、あいまいなことというのが意外に多いとも気がつく。それを確信したのは、ふと、自分の年表を作ってみようと思ったからだ。出生してから今日までの年表をいざ作ろうとしたら、書きこむことが思い浮かばずに困った。

まずは学歴、職歴を書きこんでいくのだが、こんなことあんなことがあるはずなのに思い出せない。

しかしあきらめずに考え続けていると、ある記憶の断片がきっかけになって、蛇口をひねったように、どうでもいいことも含めて、ドバドバと思い出すときがある。

そのときの爽快感といったらなかなかである。四十歳を過ぎた自分の年表を眺めると、これまたささやかな物語になっていて、まんざら捨てたものではないと思った。

面倒くさいけれど楽しい

楽しいけれども面倒くさい。面倒くさいけれども楽しい。

いわゆる趣味とは、こんなふうではなかろうか。

「最近何か面倒くさいことはしましたか」と友人に聞いてみる。大抵は、植木の手入れをしたとか、手のかかるシチューを作ったとか、探していたものを買い物に出かけたとか。

なかなか楽しんでいるようにも聞こえてきて、「それは趣味ですね」と言うと、「うーむ、そうかもしれない」と皆うなずく。

友人とはこんな話もした。「大人になるってどういうことですかね」と言うので、「面倒くさいと言わないことではないですか」と答えた。

子どもの頃は、服を着たり脱いだり、顔を洗ったり、出したり片づけたりと、何もかもが面倒くさいと思った。

しかし、大人になるにつれて、物事に対する理解と納得の積み重ねによって、面倒くさいことが面倒くさいと思わなくなってくる。そして面倒くさいところに楽しさがあると発見できると、いつしかそれは趣味に近いことになる。

今時は面倒くさいことを解決した商品や道具がもてはやされ、なんでも簡単で楽で速くという価値に値段がつけられている。思い返せば、面倒くさいことだらけだった昭和の高度成長期の頃、大人たちの多趣味だったことに驚かされる。面白くて良い時代だった。

今、若者の間では「趣味」という言葉は死語になりつつある。これから先の未来において、面倒くさいことを守っていかないと、面白いことがなくなるようにも思えて心配である。

楽しいけれども面倒くさいこと、面倒くさいけれども楽しいことを守ろうではないか。皆さん。

はじめての冷え性

この冬、はじめて冷え性になった。

それまでの僕の手足はどんなに寒い日であろうと、いつもぽかぽかと温かく、よく言われる「手が温かい人は心が冷たい」という言葉が嫌だった。

しかしながら、冷え性がこんなにつらいものとは思わなかった。友人の女性が言うには、世の多くの女性が冷え性であるらしい。本当なら気の毒で仕方がない。

寒いときは、身体を動かせばいい、と父に言われたことを思い出し、冷えた手の指を開いたり握ったりしてみたり、靴の中で足の指をせっせと動かしてみたりするが、なかなか思うように温まらない。

これはどうしたものかと頭を抱えてしまった。昨年までの自分のように冷え性ではない方にはわからないだろうが、冷え性、結構つらいのです。

冷え性の原因の一つには運動不足がある。僕の趣味はマラソンである。とすると、原因は運動不足ではない。まあ、原因はいい。とにかく対策である。あれこれ調べて、試してみた。

手足が冷たいと感じたとき、やってみてすぐに効果があったのは、温かいタオルを首の後ろに当てて温めることだ。こうすると全身の血流が良くなるのか、手足まで温かくなる感じがした。首、手首、足首という三つの首を服装で保温し、冷やさないのも効果があった。意外だったのは、腹巻きをしたときの温まり方だった。お腹を温めると全身の血液も温まるので良いらしい。

幼い頃、僕は毎日、母に腹巻きをしてもらっていた。

ふと、そんなことを思い出し、じんわりと気持ちまで温まった。

歯と歯茎の手入れは趣味

四十代も後半になると、歯と歯茎の手入れが、趣味のように思えてくる。とくに大事だと思うのは、歯茎の健康である。

必要なのは、歯槽膿漏をどう防ぐか、もしくはどう治療していくかである。歯茎の状態が良くないと、虫歯の治療が難しいのは周知のこと。虫歯ではなく、歯槽膿漏が原因で歯の根っこを駄目にしてしまう例は少なくないからさらに怖いのです。

食後の歯磨きは当然であるけれど、歯磨きをどう行うかがポイントになる。ちゃちゃっと済ませてはいけません。歯ブラシで力を入れずに丹念に汚れを落とす。これだけでも相当すっきりするが、まだ序の口である。

次に、毛束が一つになっていて毛先が筆のようなワンタフトブラシで、歯ブラシでは届きにくい場所の汚れをやさしくかき出す。このときは歯磨き粉は使いません。

さらに次は、自分のサイズに合った歯間ブラシ（L字になったものが使いやすい）を、外側からと内側から、歯と歯の間に出し入れして汚れを落とす。

歯間ブラシを使うと、こんなに食べかすが残っているのかと驚きます。そして最後にデンタルフロス（糸式ようじ）で仕上げる。

これを三度の食後に行うだけで、歯茎はどんどん健康になってくる。気をつけるのは、痛いことはしないこと。

虫歯は治療できるけれど、歯槽膿漏はなかなかやっかいです。

だからこそ、歯と歯茎を毎日ていねいに手入れする。

趣味の一つと思えばいいのです。

四十代後半　やはり歯に用心

歯には十分注意してきたつもりだったが、四十七歳を前にして、虫歯が気になって歯科医に通った。削ったりかぶせたりして、とりあえず治してもらった。

しかし、決してベストコンディションではない。この歯とこの歯はいつかきっと抜けるかも……という不安つきである。

そこでこんなふうに思った。たとえば二十年後、自分の歯でごはんを食べているのだろうかと。入れ歯やインプラントに頼ることになり、もしかしたら今自分の歯で食べている料理のおいしさを、そのときには失ってしまうかもしれない。

そんな日々を想像したらぞっとしてしまった。

毎日の食事は、暮らしと健康において一番大切である。で、どうしたかというと、大人のデンタルケアを提唱している、歯列矯正の名医を訪ねた。そこで僕の目からうろこが落ちた。

虫歯が無ければ安心。これは大きな間違いだった。

歯並び、噛み合わせ、口まわりの骨格、そして歯茎、歯一本一本の状態、虫歯などの治療経過などをしっかり検査して、データを作り、自分の歯の未来を見据えた予防医学としての治療が必要だとわかったからだ。

そして思った。二十年後、自分の歯でごはんを食べ続けるには、今すぐ歯科医で治せるところはしっかり治しておかないといけない。ある意味、四十代という今がラストチャンスなのだと。

同じ年頃のみなさま。ぜひ一度、歯科医による、検査だけでもしてみてはいかがでしょう。

車検のような気分で自分の口全体を点検してみることをおすすめします。

何事も無理せず……痛感

神奈川県で行われた湘南国際マラソンの一〇キロレースに出場をした。念願の大会デビューである。当日はそれほどの緊張もせず無事完走。目標にしていた一時間を切ることができた。

普段は黙々と一人で走っているので、こんなふうに、たくさんの参加者と一緒に走ることがとても楽しかった。次はハーフマラソンという目標を抱いて、普段の練習にも力が入るようになった。

そんなある日、走っている途中にぴりりと足首の痛みを感じた。そのときは大したことがないと思い、いつも通りに走りを終えた。しかし次の日、同じように走ろうと思ったとき、前日に痛みを感じた足首の内側に激痛が走り、まともに歩くことすらできなくなった。

病院へ行くと「外脛骨炎《がいけいこつ》」と診断された。内くるぶし前下方にある外脛骨が、誤ったランニングフォームや、走り過ぎといった原因で痛む、僕のような頑張り過ぎランナーに多い症状だという。

治療方法は、まず足を休ませること。そして、原因を突き止め、弱い筋肉を鍛えたり、ランニングフォームを修正したりして再発を防ぐことも大切だ。痛みは三週間続いた。もちろん、その間走ることなどできず、これを書いている今、一ヵ月がたち、痛みは和らいだが、走ることはまだできない。

常に自制心を保ち、何事も無理はしてはいけない、と僕は痛感をした。

そして、ケガを経験することで、自分に合った練習ペースや、ランニングフォーム、骨や筋肉の関係といったいろいろなことを改めて学んだ。

いい教訓になったとケガに感謝している。

老眼はじまり　憧れのメガネ

視力の良さは小さな自慢である。

今でも年に一度の健康診断で測れば、左右一・五がアベレージ。なんでも見えると鼻を高くして育った子どもである。

しかし、ないものねだりというように、メガネをかけている人を羨ましく思い、暗い部屋で本を読んだりして、視力を落とそうと試みたことがあったが、持って生まれた視力の強さはびくともせず、測ればいつでも左右一・五と変わらないから、あきらめた。よくあるような、見えないので目を細めるという表情などしたくてもしたことがなく、いつでも目は丸く開いている。感謝せずにいられない。

しかし、つい最近のある日、ご飯茶碗を持ってご飯を食べようとしたときである。

いつものように箸でつまんだ白いご飯を口に持っていくと、白いご飯がぼやけて見えて、おかしな気分になった。遠くはなんでも見えるけれども、目の近くに持ってきたものが、すべてぼやけて見えるのだ。その度にそうだから泡を食ったように驚いた。なんだ、これ、これと。

これが世間でいう老眼のはじまりだというのは、その出来事を打ち明けた友人が教えてくれた。

でもまだ、離れたものを見るときは左右一・五である。今のところ日常生活で自覚するのはご飯を食べるときだけである。

友人は、早く老眼鏡を作ったほうがよいと忠告してくれた。あんなに憧れていたメガネである。喜んで作ろうではないか。

とはいうものの、ご飯を食べるときだけのメガネってどうなのだろう。「口にご飯をいれる寸前にご飯がぼやけるので」と言って、さっとメガネをかけるのが、いいのか悪いのかわからない。

本はまだ全然普通に読めるのだけれど。

老眼鏡　手紙と食事に限定？

老眼鏡を買い求めた。

幼い頃から視力の良さが自慢の一つであったが、五十歳へのカウントダウンが始まった今、日常生活における不便が重なるようになった。

まずは手紙が書きにくくなった。

仕事柄、毎日、数通の手紙を書くのだが、机に座った姿勢で書こうとすると、ペン先がぼやけて見えにくくなった。初めの頃は少し背筋を伸ばしてみると、うまい具合にペン先にピントが合い、姿勢の改善にもなると喜んでいたが、ペン先にピントが合う距離が段々と伸びていって、しまいには背筋を伸ばしてもピントが合わなくなった。

そしてもう一つ。食事の際に手に持った茶碗から箸でご飯を口に持っていくときに、そのご飯粒がぼやけてしまう。ぼやけていても食べることはできるのだが、どうにも気持ちが悪い。手紙を書くことと、ご飯を食べることという、自分にとって大好きな二つのことがままならないのはつらい。

で、老眼鏡をかけてみると、こんなにもはっきり見えるのかと思った。もっと早く使えばよかったと後悔した。

しかし、今のところ、老眼鏡を必要とするのは、その大好きな二つのことだけで、それ以外で使うのはかえって不便であることにも気がついた。歩いてみるとピントがぼやけてしまって危ないし、読書はまだ裸眼のほうが良く見える。

そう思うと、この老眼鏡は、手紙を書くことと、ご飯を食べること限定なのかとおかしくなった。

大好きな二つのことが、老眼鏡のおかげで、また楽しめるようになったのは、思ってもみない、しあわせだと感じた。

住処探し　生活騒音をチェック

住処《すみか》の物件探しに上手い下手があるのだろうかと、つくづく思う。自分の過去を振り返ってみると、なんだかすっきりしない思い出ばかりだからだ。

住処に対する理想はあるけれど、まあ、仕方がないと妥協をしている部分がある人は多いだろう。しかしながら、その妥協は減らしていきたい。そのためには何を注意したらよいかと考えた。

まず僕にとって絶対に譲れないことは何か。

それは生活騒音である。物件を見て廻《まわ》るのは日中であるが、仕事を終えて家にいる時間は、ほとんど夜と朝である。夜と朝の生活騒音がどうか。近隣に何があるかをできれば確かめたい。

交通量、人の出入りが多い会社があるか、また隣人の暮らしも多少は関係してくる。かなり神経質にチェックして見つけた物件であったが、隣人の深夜の生活騒音までは事前にわからず、苦情も言えず、悩んだあげく泣く泣く物件を手放したということを聞いたことがある。朝晩のペットの鳴き声に悩まされている人も多いと聞く。生活騒音によって眠れないというのは深刻な問題である。

不動産会社の担当者に近隣の人への聞き取りをしてもらうか、自分で確かめるかしか方法はないが、ここで手を抜くと後で必ず困る。不動産会社いわく、生活騒音のトラブルは今やとても多いらしい。

向こう三軒両隣という言葉があるが、物件探しには、間取りという建物の内側だけではなく、近隣環境の情報も必要であろう。

近い将来、物件について探偵のように調べつくすサービスが生まれるかもしれない。

猫と昼寝　しあわせ心地

日曜日の昼、読書中の本を抱いて、ソファに横になった。外はまだ寒いだろうが、部屋を暖める春めいた陽射しが心地よかった。首の後ろにちょうどよくクッションを置くと、まぶたが重いような気になった。家には年老いた猫が一匹いる。僕がそんなふうにくつろぎ始めると、待ってましたとばかりに腹の上に乗ってきて、背中を丸めてころんとなり目をつむった。

そうだ、こいつは耳を触ってあげると喜ぶんだ。いたずらっぽく指で耳をつまんだり引っぱったりしてやると、これ以上の気持ちよさはないというようにちからを抜いて身体を伸ばした。そんなふうにしてやることで、僕もしあわせな気持ちになって意識がふわふわと遠のいた。

はっと目が覚めたのは窓から見える近所の空き地から聞こえてくる、ショベルで地面を掘る工事の音がうるさかったからだ。

せっかくしあわせな心地でいるのに、台無しにされて気持ちがいらいらした。けれども、気にしなければいいと考えて、もう一度目を閉じた。ダメだった。工事の音が小さくなっても気になって仕方がない。

ふと腹の上の猫を見た。猫は工事の音など気にせず寝入っていた。人間よりもよく聞こえる耳を持っているはずなのに、なぜ寝ていられるんだろう。猫はえらいなあとつぶやき、頭をなでてやった。

僕が起き上がろうとしても、猫は頑固に腹の上から動かなかった。工事の音はやまなかった。根負けし、そのままでいたら、いつしか僕はぐっすり寝入っていた。

起きたとき、腹の上の猫はもういなかった。

許した子猫の庭遊び

我が家は猫を二匹飼っていたが、昨年（二〇一三年）に一匹、今年の四月に一匹と亡くなった。どちらも二十年近く生きたので老衰であった。大往生とはいえ、看取《みと》るのはつらかった。トイレや爪とぎなど、当たり前のようにあったものがなくなり、寂しさは増すばかりだ。

僕も妻も庭いじりが趣味なので、猫の世話がなくなった分、庭の手入れに精を出した。

そんなある日、一匹の親猫と三匹の生まれたばかりの子猫が、我が家の庭に現れた。子猫のかわいさといったらなく、ガラス越しに見て、声を上げて喜んだ。

その日から猫の家族は、我が家の庭を、安全な遊び場として訪れるようになった。

無邪気な子猫は追いかけっこをしたり、跳びはねて葉っぱで遊んだりと、そんな姿は見ているだけで心が癒やされた。

子猫たちの遊び方は成長と共にだんだんと激しくなった。とてもかわいいのだが、心配なのは、僕と妻が大切に育てているハーブや球根、植木である。

子猫たちが遊ぶと、プランターは倒れ、花の茎は折れ、砂利は散らかり、きれいに手入れをした庭は、嵐が過ぎた後のようになる。寂しい気持ちを埋めてくれるのだし、子猫たちが安心して遊んでいるのだから良しとしようと、僕と妻は許している。

最近は二階にいても遊び始めると音でわかるようになった。どうせ、すぐに大人になって、どこかに行ってしまうのだから、子猫たちは庭を自分の家にすればいい。

夫婦は好き放題に遊ぶ姿を見て目を細めている。

今は懐かしい　騒がしい朝

昭和四十年生まれ、東京育ちの僕ですが、子どもの頃を思い出すと、耳の奥からいろいろな音が聞こえてくる。とくに朝のひとときが懐かしい。

毎朝、隣の家が雨戸を開けるガラガラという音からはじまり、向かいの家のおじさんの大きなあくびの音。いつもの時間に鳴る目覚まし時計の音。テレビから聞こえる朝のニュース。水道蛇口から流れる水の音。食器のあたる音、朝からどこかで怒鳴り合いの喧嘩をしていたり。犬の鳴き声や、子どもたちが家の中を駆け回る足音。

そんなふうに、とにかく朝は、いろいろな音が混ざり合って騒がしかった。そう、朝はたっぷりの暮らしの音に満ちていた。

そんな朝の音を、僕は毎日うるさいなあと言いながらも、なぜか嫌いではなかった。

子ども心にも、朝の音は、皆が今日も変わらず生きているのがはっきりわかる、一つの平和の安らぎにも感じていたからだ。

いつからかそんな朝の音がしなくなった。

今、移り住んだ場所は、住宅地であるけれど、朝の音を耳にすることはまったくない。うるさいなんて思ったこともない。犬の鳴き声さえ聞こえない。今日の朝もとても静かだった。

あの頃、毎日どうしてあんなに朝が騒がしかったのだろうか。

今思うと、朝の音がしみじみと懐かしく感じてしまう。

理由の一つに、単独世帯の増加があるだろう。高齢者数の増加により、夫婦のみの世帯や単独世帯が増加し、小世帯化がさらに進行しているという。

僕の子どもの頃は、単独世帯は少なかったが、今ではちっとも珍しくなくなった。

私たちの暮らしは、どんどんと静かになるのだろうか。

最後に母の名呼んだ父

今年（二〇一五年）の初めに他界した、僕の父は典型的な亭主関白で、また照れ屋だったせいか、長年、自分の妻に対しては「おい」と呼んでいた。夫婦にとってはそれで良くても、子どもである僕は、幼い頃、それがとても嫌だった。僕は大の母好きだったからだ。

あるとき、変わったのは、孫が生まれてからのことだ。僕たち夫婦が父と母のことを、自然と「じじ」と「ばば」と呼ぶようになり、それに合わせてか、母も父を「じじ」と呼ぶようになり、父も母のことを「ばば」と呼ぶようになった。母を「おい」と呼ばなくなって僕はうれしかった。

傘寿を過ぎ、ほぼ寝たきりの生活になった父は、高齢者によくあるようにワガママになり、何か気に入らないことがあるとすぐに癇癪《かんしゃく》を起こすことが多くなった。そんなときは、大きな声で「ばば、ばば」と怒鳴《どな》り、母を困らせた。

ある日の週末、親戚縁者が見舞いに集まった日に、父は、いわゆるぽっくりと亡くなり、八十三歳で人生の幕を閉じた。

四十九日を終えた日の夜、母がこんなことをぽつりと話してくれた。亡くなる一週間前くらいから、母を呼ぶとき、「ばば」と呼ばず、その代わりに「えつこ」と、母の名を呼ぶようになった。母いわく、夫婦になってから、名前で呼ばれたことなど一度もなかったからびっくりしたと言う。

「自分がもうすぐ亡くなるとわかっていたのかしらね。それにしても急に名前を呼ぶようになったから、ちょっと恥ずかしかったわよ」

と、母は頬を赤くして喜んでいた。

僕もそれを聞いてみたかった。

父の位牌《いはい》に手を合わせた。

全肯定という老後

歳を取ると、好き嫌いや良し悪しの自己主張が強くなる人がいる。

小難しい人とか、うるさい人とか、面倒くさいとか、陰で言われたりする。僕も片足首くらいはそっちに浸《つ》かっている。

先日「年寄りとつきあうのは、まあ大変ですよ」と、年寄り自身に言われた。確かにそういう年寄りもいるけれど、すべての年寄りがそうではないだろう。二つに分けるのはどうかと思うが、年寄りは面倒くさいか、もしくは、面倒くさくないか、そう大きく分けられるかもしれない。

歳を取るほどに子どもに戻っていくとよく言われるが、中には歳を取れば取るほど大人になっていく年寄りもいる。そんな年寄りはとにかく全肯定なのである。

どんなことであろうとも、一度うなずいて相手の意見をよく聞く。あまりにひどいことであっても、「うんうん、そうだね」と、あくまでも相手を敬い、理解する姿勢を保つ。

そんなふうに相手を認めてから、しかし、こんな別の考え方もあるかもしれないし、もしかしたらこうかもしれない。こういうことも聞いたことがある、などと、やさしく、あくまでもやわらかく相手に意見する。

すると、相手は気持ちよくそんな意見をくみ取り、ときには、いとも簡単に主張を覆したりするから面白い。

それを聞いても「いや、あなたの元の考えはすばらしいですよ」とニコニコしながらあくまでも全肯定でいる。

そんな全肯定という老後の生き方は、安穏な老境の秘訣かもしれない。

全肯定とは争わないということでもある。

はて、そんな老人に僕はなれるだろうか。

心が喜ぶ「好きなこと」をしよう

第6章

趣味

の工夫・コツ

ホテルのバーで昼の息抜き

ときたまぶらりとどこかに行きたくなる。何もかも放り投げてのんびりしたくなる。しかし、仕事もある。家庭もある。用事も山ほどある。こんなふうにいろいろなしがらみがあって動こうにも動けない。まあ、我慢するか、と思うのだが、こんな気分は、誰でも一度や二度経験があるのではなかろうか。それが当然。それこそ健全。それだけ日々頑張っているということである。

そんなときの息抜きだが、クラシカルなホテルのバーでランチを食べながら、軽く一杯いただいて、ゆっくりとした時間を過ごしてみる。ときにはこんなささやかなぜいたくはいかがであろうか。

このくらいの褒美を自分にあげてみようではないか。明るい時間帯のホテルのバーは客も少なく、一息つくにはなかなかの場所である。

たとえば、帝国ホテルの「オールドインペリアルバー」には、絶品のハンバーガーがある。もしくはアメリカンクラブハウスサンドイッチも実にうまい。飲み物には、ギネスビールとシャンパンのカクテル、ブラックベルベットがよく合う。

ホテルニューオータニの「バー　カプリ」も僕のお気に入りの場所である。ここにも、うまいハンバーガーがあるけれど、あえてタラコスパゲッティを注文する。味はぜひご自分でお試しいただきたい。物思いに耽りながらマティーニをロックで舐《な》めるのもいいだろう。

そんなふうにしていると、昼間のホテルのバーで過ごす一時間は、普段のランチタイムの一時間と雲泥の差があることに気がつく。

疲れ切った自分を立て直す方法を知っておくのも、男のたしなみの一つであろう。

一号店巡り、原点に触れる

「一号店」という言葉にひかれる自分がいる。

今や大人気で、世界中に展開するチェーン店も、どこかに必ず最初にできた店がある。その一号店はどこにあって、どんなお店なんだろうと思いに耽り、実際に自分の足で訪れてみたいと、いつも思っている。

一号店には、そのブランドや店の原点が、必ず残っている。それに触れるのも楽しみの一つだ。

たとえば、「モスバーガー」の一号店は東京都板橋区の成増にある。ここには、創業当時の写真や、創業者の感謝の思いなどが、ノスタルジックに展示されている。いつものハンバーガーの味も、ああ、この味が本物なんだな、と思いながら味わう楽しみもある。

先日、アメリカのボストンを訪れたときは、「ダンキンドーナツ」の一号店を訪れた。ここも歴史に触れることができ、ファンにとって伝説の場所として知られている。一九五〇年代にオープンした一号店で食べるドーナツの味は、やっぱりいつもよりもおいしく感じた。

最近、日本に上陸した「ブルーボトルコーヒー」は、二〇〇二年にサンフランシスコに近いオークランドに一号店がオープンした。もちろん、今でも営業しているが、今の人気からは想像しにくい、とてもコンパクトで簡素な店だ。

たまたま僕は、創業時にサンフランシスコにいたので、オープン当時のことをよく知っている。バリスタと呼ばれるコーヒー職人が、ハンドドリップで、ていねいに淹《い》れたコーヒーのおいしさにびっくりしたものだ。

こんなふうに、世界中の一号店巡りというのは、とても楽しくて、僕の趣味の一つになっている。

「あなた」に話すラジオ

ラジオが好きだ。

音さえ届けば、何かをしながら聴くことができるし、何より人の話を聴くというあたたかな親近感がある。

小学生の頃、子どもがテレビを見てもいいのは、夕ご飯までと決まっていて、代わりに許されていたのはラジオだった。いや、ラジオを抱えて布団にもぐって、小さな音量で聴いていたから、親は知らなかったかもしれない。

僕は怖がりで夜の静けさにおびえる子どもだったから、ラジオから聴こえる人の声や音楽で、そんな気持ちを紛らわせていた。ラジオは夜の友だちのようだった。

最近の驚きは、パソコンでラジオが聴けるようになったことだ。アンテナの向きをいろいろと変えて、感度の良い位置を探す苦労はもうなくなったのである。当然であるが、チューニング時の雑音もない。パソコンから聴こえてくるラジオはとびきり鮮明で、小さな音量でもよく聴こえる。

なんて便利な時代になったのかと感心する。しかも、スマートフォンでも聴けるというではないか。今やテレビが見られるのだから、それほど驚くことはなかろうが、ラジオは小さな箱から聴こえてくるものだと思い続けていた。

そんな自分が今、ラジオ番組の仕事をしている。毎週木曜日の夜八時五分から九時半までの約一時間半、モデルの桐島かれんさんと、暮らしにまつわるテーマについておしゃべりする番組である。

話をしながら気をつけていることがある。それはマイクの向こうにいる人は一人であるということだ。

大抵ラジオは一人で聴く。だから、話しかけるのは、「みなさんへ」ではなく、「あなたへ」なのである。

楽器は週一でも続けよう

趣味というのは、熱が上がったり冷めたりが繰り返されるものである。

僕の場合、アコースティックギターがまさにそうだ。

中学生の頃に憧れて、触ってはみたが、すぐに挫折し、二十歳の頃に再チャレンジするが、またしても挫折。

そうして歳を取り、三十歳になってもう一度取り組んだ。このときは、自分と同い歳のギターと巡り合い、それがモチベーションとなり何曲か弾けるようになった。そうすると、一気に楽しくなり休日はずっとギターを抱えて練習に励み、人前で弾いたり、旅行に持っていったりして、腕前もどんどん上がっていった。

しかし、楽器というものは不思議なもので、ある程度までは上達しても、それ以上の壁がなかなか乗り越えられない。いわゆるスランプとなる。しかし、その状態でも飽きずに続けていると、あれ？　と驚くように、ある日突然できるようになる。そうして、またもう一つ高い壁に突き当たるの繰り返しである。そうこうしながら、仕事の忙しさもあり、ここ一年ギターに触ることはなかった。

そんなある日、長年探していたビンテージ物に出合い、へそくりをはたいて手に入れた。

で、一年ぶりにギターを弾いた。さすがに音は素晴らしかった。しかし、弾けたはずの曲が一つも弾けず愕然《がくぜん》とした。なんとたった一年で忘れてしまったのである。振り出しに戻るとはこのことだ。これでは宝の持ち腐れである。

今僕はリハビリをするようにできたはずのことを思い出すように練習している。継続は力なりとは本当である。

週に一度でも、覚えた趣味は細々と続けるべきだと痛感をしている。

愛車いじり　大人の休日

休日の楽しみの一つに車いじりがある。

車いじりといっても、洗車して、車体をワックスで磨き、車内に掃除機をかけ、エンジンオイルの量をみたり、他に気になるところをあれこれ整備してみたりする日々の手入れである。

僕の車は三十年以上前のスポーツカーで、なんと走行距離は二三万キロにもなる。よって一週間に一度、一時間くらいいじってやるのがちょうどいいのである。

古いものは不便もあるけれども、磨けば磨くほどに輝くという良いところもある。そしてまた、修理の繰り返しによって、自分との関係がさらに深まっていく。まるで人間関係のようだ。

気が済むまでいじると、のんびりとドライブに出かけてみる。

行きと帰りで三時間くらいの距離のところにコーヒーを飲みにいくとか、景色を眺めにいくとかいろいろだ。そんなことをしているとあっという間に半日が過ぎてゆく。

古い車だからエアコンの効かない夏を除いた、秋から春にかけての時期のドライブが心地よい。真冬は寒くて冷えるのでマフラーをぐるぐる巻きにして、防寒をして車に乗り込む。それはそれでわくわくする。

他人から見れば、大きなおもちゃをいじくって、ただ楽しんでいるように思えるだろうが、電子部品が使われていない、この時代特有のあたたかみのある機械と、自分が息を合わせ、一体となって車を走らせるという行為は、遊びというよりも、そう、いわば大人の趣味的スポーツの一種である。

休日の過ごし方としてはなかなかのものである。

子どもの銭湯　熱い遊び場

子どもの頃、銭湯通いが楽しかった。

銭湯は、学校や公園の延長にあった、もう一つの遊び場だった。

銭湯の湯船はたいがい浅いのと深いのに分かれていた。浅い湯船は広く、深い湯船は狭かった。二つの湯船の仕切りの壁は底のあたりに、人がぎりぎり抜けられるくらいの四角い穴が開いていた。お湯に潜ってその穴を通り抜けることが仲間内の儀式だった。通り抜けができれば一人前だと皆から認められた。熱いお湯に潜って、穴を通り抜けることは簡単そうでむつかしかった。潜って遊んでいるのが見つかると必ず大人に叱られ、銭湯の主人に見つかると出入り禁止になった。

ある日、一度も成功したことがなかったA君が挑戦した。

しかし、A君は穴に身体を引っかけてしまい、もがくばかりで上がってこなかった。あわてた僕らは助けようとしたがA君がお湯の中で暴れるせいで身体を抜くことができなかった。

事態に驚いた大人が湯船に入り、力ずくでA君を穴から引き出した。A君は真っ赤な顔をしてぐったりとして気を失っていた。すぐに救急車が呼ばれ、A君は運ばれていった。

幸いなことにA君は一命を取り留めたが、僕らのショックは大きかった。その後、学校からの通達で、友だち同士での銭湯通いは禁止された。

数十年ぶりにそのときの銭湯に行ってみた。

何もかもが昔のままで懐かしかった。湯船に入りながら、ふとA君のアクシデントを思い出した。

A君は今でも元気だ。次は彼を誘ってみようと思っている。ほろ苦いあんなことこんなことをもっと思い出すに違いない。

家族の顔を描いてみたら

ふと思い立って絵を描いた。

絵を描いたといっても、ノートとえんぴつを用意し、さて、何を描こうかと頭をひねり、一番身近なものとして、家族一人ひとりの顔を描いてみた。

それが意外と面白くて時間を忘れて夢中になった。

まず手始めに、妻の顔を描いた。もちろん目の前に立ってもらうなんて出来ないので、妻の顔の特徴を思い出しながら描いた。眉毛や目はこんな感じだな。鼻や口はこうだった。耳は、うーむ、というように、あれこれ悩みながら描くのだが、人の記憶というのはあいまいであったり、その反面とても詳しかったりと、ああ、僕は、妻の顔のパーツをこんなふうに記憶していたり、あいまいであったりするのだなあと感心した。

その勢いで中学二年生の娘の顔も描いた。そのときに思ったのが、子どもの顔というのはシンプルで描きやすいということだ。まだ、出来上がっていない顔というか、目も鼻も口も耳も輪郭も描きやすかった。そんなふうに家族の顔を、あれこれ思いながら描いた。

最後に自分の顔を描いてみた。毎日嫌になるほど見続けている顔である。さて描き心地はいかがだろうか。

正直びっくりした。家族の顔はまあまあ似ているように描けたのだが、自分の顔は良く知っているにもかかわらず、描いても描いても自分の顔には見えないのである。いつまでたっても、誰それ、という顔しか描けないのだ。

結局自分の顔は描けず、試しに娘に描かせてみたら、特徴をうまく捉えて、とても上手だった。

自分の顔という、良く知っているものほど、実は知らないという、いい教訓になった。どうぞお試しあれ。

正しい姿勢のウオーキング

ここ数年、続けてきた毎朝のランニングだが、新年を迎えてからはウオーキングに変えた。ランニングに疲れてしまったからではない。理由は肩こりの解消のためである。

ランニングは、どちらかというと下半身の運動が主であり、上半身はそれに合わせるという感じである。美しいフォームで走ることを気にしてみても、なかなかむつかしい。全身運動であることが正しいのであろうが、子どもの頃からの走り方を矯正するのは至難の業である。

そこで思ったのが、まずはウオーキングで正しいフォームを身につけようということだ。歩くのは走るのと違って、動きのスピードを好きなだけ調整できるので、気をつけるべきポイントがわかっていれば、最初はぎこちなくても、その通りにやってみると、その通りにできる。実際に歩いてみても、あら、簡単と、できるのである。走りではこうはいかないだろう。

僕が教わった正しいフォームのポイントは三つある。

一つは、曲げた肘を身体の後ろまでしっかりと振ること。次に、腕の振り方は、常に小指で風を切るように。で、かかとでしっかりと着地すること。かかとで着地し、肘を後ろにしっかり振ることで、姿勢がまっすぐになる。これだけで、今までのトボトボ歩きが、スッスッと元気よく歩けるようになった。

この歩き方でいつものコースをウオーキングした。時間は倍かかったが、いつもよりも汗をかいて気持ちよかった。

そしてその日の夜、肩甲骨まわりが筋肉痛になった。しかし、次の日の朝である。あんなにつらかった肩こりと背中の疲れがすっきりと取れていた。

ウオーキングは、優れた全身運動であると証明できた。

ぜいたくな野球観戦

ワンシーズンに三、四度、巨人戦を観戦するために東京ドームへ行く。つい先日、はじめてレジェンズシートを購入して観戦に出かけた。

レジェンズシートとは、巨人軍ＯＢと実況アナウンサーによる生解説があり、試合中に巨人軍ＯＢへの質問ができ、お弁当のお届けまであるスペシャルなシートである。

ちなみに僕のシートは、実況席のほぼ隣、三塁側内野席一列目だった。

その日の巨人軍ＯＢ解説者は広沢克実氏だった。広沢氏の解説はわかりやすくて愉快で僕は大好きだ。

試合が始まると、早速、解説が始まったが、広沢氏は試合の実況というよりも、野球観戦の楽しみ方というか、知ってなるほどと思うトリビアを、あの親しみのあるイントネーションで、ていねいに話してくれた。その話があまりに面白いせいで、試合を集中して観られずに困ったくらいだった。

一番感心したトリビアは、打率三割がいかに難しいかという説明だった。七割失敗しても、三割打てば良いなんて、随分楽な職業と思うかもしれないけれど、野手が守っているエリア内で、ヒットになるスペースは、二割二分か三分しかないという。よって三割の打率は神業に近い。

ましてシーズンを通じて四割なんてまず不可能だという。レジェンズシートでそれを聞いた多くの人が大きく頷いた。確かに四割打者は長らく出ていない。他にも、野球ファンなら知ってうれしいトリビアで満載だった。

その日は、接戦の末、巨人はサヨナラ勝ちをし、文句なしの一日になった。

トランプの絵柄　実在の人物

四人いるトランプのキングだが、一人だけ口髭《ひげ》がないキングがいる。ハートのキングである。さて、そのハートのキング。西暦八〇〇年に、西ローマ帝国を再建した、カール大帝だと知っている人はいるだろうか。トランプの絵柄になっている一二人はすべて実在の人物である。

他のキングを紹介してみよう。ダイヤは、ジュリアス・シーザー。クラブは、アレキサンダー大王。スペードはダビデ王。シーザー以外のキングは、皆、剣を持っている。

次にクイーン。ハートは、ジュディスという伝説のヒロイン。ダイヤは、絶世の美女で知られた、聖ヤコブの妻ラケル。クラブは、シャルル七世の妻、アージン。スペードは、ギリシャ神話において、戦いの女神で知られたアテナで、クイーンでは彼女だけが武器を持っている。

さてジャックはどうだろう。ハートは、フランスの戦士ラ・イール。クラブとダイヤは、なんと兄弟で、ダイヤがサー・ヘクター。クラブがサー・ランスロット。スペードはカール大帝に仕えた戦士オジェである。

こんなふうにトランプの絵柄が決まったのは、その国々によっての違いや様々な説があるようだが、十六世紀の終わり頃だという。

国際ルールが定まったブリッジが大好きで、外国に旅すると、その街々にあるブリッジセンターに行ってゲームを楽しむことがある。

そんなある日、パリで出会ったブリッジ名人の老人から、トランプの絵柄はすべて実在の人物であることを教わった。

手の内の絵柄を見ると、その人物が自分の味方になったような気がしてわくわくする。

ネットショッピングの進化

正月休みに、友人とゆっくり話をした。

普段から顔を合わせている友人だが、時間を気にすることなく他愛《たあい》ないおしゃべりをだらだらとするのが思いのほか、楽しかった。

最近、洋服の買い物はどこでしているかと聞かれて、いろいろなお店に行って買い物をしていると答えると、驚いた様子で、えらいなあと感心された。

ネットショッピングはしないのかと聞かれた。僕はネットショッピングで洋服を買ったことがない。友人いわく、洋服はほとんどネットショッピングで買うらしい。

サイズが心配だと言うと、サイズが合わなかったり、着てみて思っていた感じと違ったりしたら、返品したり、取り換えてもらったりすればいいと言う。それが面倒だから、実際にお店に足を運んで買うようにしているのだ。

友人はこう言う。

今ネットショッピングは、返品や取り換えにストレスを一切感じることがない。そのくらいにサービスが向上している。

たとえば、アメリカの靴専門のネットショッピングでは、注文をすると、二通りのサイズを送ってきて、丁度良いほうを選び、残った一足は簡単に返送できるシステムになっている。

顔と顔を合わせて買い物をするのと同じくらいの、きめ細かいホスピタリティーが、今のネットショッピングにはあるらしく、もはやそれが売りでもある。

そういえば、正月休み中に、ネットショップから映画をダウンロードした際、こちらの不具合で再生ができなかった件を、サポートセンターに問い合わせると、メールであるが、事務的ではなく、とてもていねいに対応してくれた。

なるほどなあ。僕は時代の進化を強く実感した。

文字を覚えて書く喜び

僕は小学校に入学したとき、すでにひらがなの読み書きができていた。特別な勉強をしたわけではない。

自宅から保育園まで歩いて三十分かかった。車が大好きだった僕はその道中、停《と》まっている車や、走っている車を見るのがとても楽しみだった。

車を見るのと同時に目が向かったのはナンバープレートだった。そのナンバープレートに記されているひらがな一文字がそれぞれ違っているのが僕には面白かった。ナンバーに記されているひらがな一文字を見るたびに、手を引いてくれていた母に聞いた。「あれはなんていうの?」と。母は「あの字は『ま』よ」と教えてくれた。

毎朝、車を見るたびに、そうやってひらがな一文字を教えてもらうことで、僕はひらがなに興味を持ち、どこに出かけても、車のナンバープレートを探しては、ひらがなを覚えていった。新しいひらがなを見つけるとうれしかった。

文字のかたちを覚えると、絵を描くのと同じように、ひらがなを書いてみたくなった。保育園のお絵かきの時間になると、絵を描かずに、覚えたひらがなをひたすら書いていた記憶がある。書きながら僕は、ナンバーを見つけたときのことやら、いろいろなことを空想していた。書くことは考えることでもある。それが僕には快感でもあった。

自分の名前をはじめて書いたときのうれしさは今でも忘れられない。周りの大人が喜ぶものだから、有頂天になった。

今「書く」は「打つ」に変わりつつある。

これからの子どもたちは、どうやって文字を覚え、どうやって文字を書く時代になるのだろう。

ギター弾いて自分を整える

アコースティックギターを弾き始めたのは三十歳になった頃だ。

海外出張が多い時期で、海外での休日や夜は、たっぷりと時間があったので、何か一つ趣味を楽しんでみようと思った。

たとえば、今回の出張では、この曲を弾けるようになろうと課題を持っていく。最初の晩は悪戦苦闘するが、練習を続け、最後の晩になると、結構弾けるようになっているからうれしかった。

それをきっかけにして、長期の出張や旅には、何か一つ自分が学びたいことを課題として持っていくことが習慣になった。

読みたい本でもよいし、学びたい知識でもよい。そのためには、できるだけパソコンやスマートフォンは持っていかないことにしている。メールなどの連絡は携帯電話で済むし、パソコンが必要なときは、インターネットカフェに行けばよい。

パソコンやスマートフォンは便利であるけれど、あえて持ち歩かないことによって、足を使って現地で調べることや、実際に見に行って確かめること、人から直接聞くということが必要とされる。

そういった行動から派生する経験や出会いは、自分へのギフトになる。自宅であっても退屈したらパソコンを開くのではなく、靴を履いてぶらっと外に出かけるほうが、どれほど豊かな時間の使い方なのかと思う。

アコースティックギターを弾くと、その日の自分のコンディションがよくわかる。いらいらしていたり、疲れていたり、素直であったり、やさしい気持ちだったりが音色に表れるからだ。

今、僕は出張のときだけでなく一日に一度はギターを弾く。自分を知ることで、明日の自分を整えることができるからだ。

マンホール　フタに個性

ニューヨークの街を歩いていて、いつも気にして見るものがある。歩道にあるマンホールのフタだ。

きっかけは、ニューヨーク近代美術館のミュージアムショップで買った、ニューヨークのマンホールのフタを模したコースター。それがとてもすてきだったからだ。コースターは一二種あり、その多様なデザインを改めてよく見ると、幾何学模様であったり、文字がたくさん彫られていたりと、手の込んだ魅力的なものも多い。マンホールのフタって、すごくいいなあと思った。

それからというもの、ニューヨークの街を歩くとき、すてきなデザインのマンホールを探しては、写真に撮るようになった。エリアによって、マンホールのフタが、装飾的であったり、シンプルであったり、とても面白いと思った。

デザインの優れたマンホールのフタを探していたら、歩道の並木の保護柵のデザインも、いろいろあることに気がついた。どうして共通でないのかと思うが、こんなふうに街のパーツのデザインがバラバラであることが、街の雰囲気のアクセントになっていると思った。

帰国してから、日本のマンホールのフタはどんなものだろうかと思い、探してみると、ニューヨーク同様、街ごとにデザインが違うことに気がついた。その感動を知人に話したら、マンホールに違いがあることを知っている人は少なかった。足元など見て歩く人は少ないのかもしれない。

僕は今日も、行く先々でマンホールを見て歩いている。

一生つきあえるトースター

朝食用に、おいしいイギリスパンが買ってあると、夜ベッドに入ってから、翌日の朝食のことを考えたときにうれしくなる。

何年も前から、いつしか朝食は、トースト二枚とコーヒー一杯となっている。パンは断然イギリスパンがいい。ときたま気が変わって、角食パンを買うときもあるが、やっぱり後悔をする。

トーストにはバターとジャム、マーマレードをその日の気分で塗って食べる。朝食にはきっちり三十分をかける。食べながら朝刊を読むからだ。

毎朝トーストを焼くから、トースターにはこだわりたい。外側がカリッと焼け、中はもちもちなのが理想であって、そのためには高温で時間をかけずに一気に焼き上げたい。

イギリス製のデュアリット社のトースターがいい。イギリスのクラフツマンが手仕事で作っている、実に武骨なトースターである。焼き上げに関してはぴかいち。二枚のトーストがたった二分で焼ける。嚙めばサクッと音がし、中があつあつのふわふわでおいしさがたまらない。

何年か前にイギリスを旅したとき、興味本位で色々なホテルを泊まり歩いたが、気の利いたホテルでは、必ずデュアリット社のトースターを使っていた。デュアリット社のトースターを使っているホテルの朝食はどこも実においしかったので、日本に帰ったら絶対に手に入れようと決めていた。

ハンドメイドであることもあり値段は安くない。しかし、感動にも値する、とびきりおいしいトーストを毎日食べることを考えると、値段のことは無理せず忘れられる。クロームメッキされた、コロンとしたデザインがキッチンに置いておいても嫌にならない。丈夫だから壊れず、友だちのように一生つきあえる道具なのが、なおさらうれしい。

ゆったりドライブ　話弾む

十年前、仏・マルセイユで、観光地取材の仕事を終えた僕とフランス人の友人は、ルノーを駆って、パリへと向かった。

「一頭のキリンが、マルセイユからパリまで歩いた話って知ってる?」

ハンドルを握る友人に話しかけると、

「うん、そんな舞台を見たことがある。いや、それは小説だったかもしれない……」

友人は、僕が問いかける本や演劇の話題には大体答えてくる。そんな友人との旅は楽しい。

帰り道をハイウェーにするか、国道にするかを僕らは迷った。

友人は、パリに残してきたガールフレンドに、早く会いたいという気持ちはあったようだが、国道でのんびりと、パリへと車を走らせる旅も悪くないと言った。

「昔、パリの新婚カップルといえば、マルセイユまで車でのんびりと旅するのが流行っていたんだ。のどかなナショナル・セット（国道七号線）の田舎道をただひたすら走る旅。そんな歌もあった」

ハンドルを握る友人は、すでに車をナショナル・セットへと走らせていた。

美しい景色が連なるナショナル・セットを車で走るのは心地よかった。舗装された道も、砂利道も、ダンスをするように車は滑らかに走った。マルセイユからパリまでは、リヨンの町で一泊し、二日かかった。

二日のドライブで、僕と友人は様々なことを話し合った。

ドライブは人と人が親密になるよい機会だと思った。

新婚旅行のドライブコースの理由がわかった。

檀一雄流の旅に出たい

趣味は何かと聞かれると、意外と答えに困ってしまう。一年中仕事で忙しいので、たまに遊ぶことはあっても、胸を張って言える趣味が思いつかない。しかし、そう答えてしまうと身も蓋もないので、しいていえば旅だと答えている。まあ、一年に二、三度はどこかしらに旅行には行くので嘘ではない。

旅にはガイドブックを持っていかない。これは若い頃に檀一雄の旅の流儀に傾倒したせいだ。

檀一雄の旅には予定もコースも宿の予約もなく、うろつき回って、すべて行き当たりバッタリの道中である。

楽しみといえば、訪れた街の朝市を歩き、そこに並んで売っているものから、その土地の暮らしを感じとり、レストランではなく小さな食堂で客が食べているものを指さして注文して食べる。客が酒を飲んでいれば、それも指さして注文して飲む。

前以《もっ》てどこそこに行くと言うと、紹介状をくれる人もいるが、そんな紹介状はもらっても面倒くさいから使わない。顔を出さないといけないから気が重くなると檀一雄は言う。

パリの一系統の地下鉄に乗り、終点まで行き、そこで降りて二、三時間ぶらついて歩く。そしてまた逆の終点で降りて、同じように二、三時間ぶらついて歩く。そうすると、その一系統の路線に興味が湧き、その途中の街も馴染みになるというのは、檀一雄の真似をしてわかったことだ。そして、宿の近くに食堂を見つけ、毎日通って現地の友だちを作るのが檀流トラベルの真骨頂である。

ああ、旅に出かけたい気分になってきた。

歩いて食べまくりたい。

「食べてきたもの」があなたをつくる

第7章

食べること
の工夫・コツ

お椀の掟「お熱いうちに」

季節の旬をいただきたく、贔屓にしている日本料理店に行くのは楽しみの一つである。

日本料理の顔といえば、お椀《わん》であろう。お椀こそが料理人の腕の見せ所であり、真骨頂である。だからこそ、客である私たちもお椀にはしっかりと向き合いたい。

春ならはまぐりのしんじょだろうか、夏なら鱧《はも》だろうか、とお椀のふたを開けるときの期待感といったらない。だからこそ、どうぞ、と出されたときに、さっとふたを開けて、鼻に湯気を当てながら味わいたい。

しかし、ときたまお椀のことなどおかまいなしに酒やビールをグイグイ飲んで、おしゃべりをやめずにいる人がいる。ちょっとちょっと、あなたお椀ですよ。料理人の真骨頂ですよ。早く開けていただいてくださいと、おせっかいを言いたくなるときがある。お椀は冷めたら台無しになる。

料亭「吉兆」の創業者、湯木貞一の名著『吉兆味ばなし』にはこんなことが書いてある。

料理人としては、とにかくお椀が本題であるから、そのお椀のあつあつを召し上がっていただきたい。お茶事でお椀が出たら、そこで雑談は中止という作法があるように、料理でもお椀が出たら、どんなに大事な話をしていても、それはひとまずおいて、お椀をいただかなければいけないという掟《おきて》がある。最初に出す、つきだしとか、先づけというようなものは、まさにあつあつのお椀を美味しく食していただくための前準備のようなものであるとも。

ということで、何があろうと、日本料理における、お椀の掟は守らなくてはいけない。

お熱いうちにどうぞ、と言うからには真意があるのだ。

しみじみ味わう土地の菓子

旅のお土産でうれしいのは、その土地ならではのお菓子だ。

世界中どこに行っても必ずあるお菓子。そんなお菓子の味は、その土地の味である。

そう思って食べるお菓子はしみじみとおいしい。

東京・武蔵小金井にある「オーブン・ミトンカフェ」の小嶋ルミさんは、研究熱心なお菓子職人で知られ、あそこのあれがおいしいと知ると、行って食べないと気が済まない方である。小嶋先生（こう呼びたい）はその土地にあるお菓子を必ず食べ比べするという。

ヌガーがおいしい土地にはヌガーを売る店がいくつもある。その中でどこの誰が作っているのが一番おいしいかを確かめる。作っている本人に会い、作り方も教えてもらう。教えてくれる人と、教えてくれない人がいるけれど、こんなにおいしいものを作る人はどんな人かが知れるだけでもうれしいという。

北イタリア、ピエモンテ州はヘーゼルナッツが名産である。そこのカネッリという街へ、ナットマンというナッツ工場の見学もかねて旅した小嶋先生からお土産をいただいた。

トルタ・ディ・ノッチョーラという、ヘーゼルナッツの粉で作るケーキだ。表面には砕いたヘーゼルナッツがたっぷり載り、ほどよい甘みと独特の香ばしさが実においしかった。こんなケーキははじめて食べた。食べ比べして、一番おいしかったケーキだそうだ。

おまけに、ジャン・ドゥ・イオッティというヘーゼルナッツのチョコレートもいただいた。チョコをかじっていると、そろそろ自分もどこかへ旅したくなった。

お菓子が呼んでいるように思った。

家庭料理は知恵と愛情

本を作る編集者であるから、作家やクリエイターと会って話すことが多い。

料理本を作るときは、料理家が著者となる。

つい先日、中国料理のウー・ウェン先生と話していたとき、はっ、とするような言葉と出合った。

家庭料理とは何か、と僕が言ったとき、ウー・ウェン先生はこんなふうに話してくれた。

「家庭料理とは、外でお金を出しても食べられないものです。たとえば、家族が外であれこれと、美食と呼ばれるおいしいものや、節約するために簡単に済ませるものを食べていて、身体や胃が疲れている毎日の中で、いざ、家で食事をしようと思ったとき、疲れた身体の調子を整えてあげるような料理を作ることが大切です」

外でお金を出して食べられるような料理を作るのではなく、身体が休まるような、身体が良くなるような、身体が必要としている料理は何かをよく考えて作ること。

それが本当の家庭料理だという。

「家庭料理に技術はいりません。必要なのは知恵と愛情です」

その言葉に僕は、いたく感動をした。

家庭料理の目的とは、あれが作れる、これが作れるというようなことではなく、自分や家族の、心や身体を癒やすには、何を、どうやって作って、どうやって食べるかを、よく考えるということ。どんなに質素であっても、そんな家庭料理こそ、本当に豊かといえる料理である。

料理において、まず覚えるべきことは、そういう心の持ちようであると、ウー・ウエン先生は教えてくれた。

技術だけでおいしさは決して生まれないのである。

塩辛いカレーの教訓

カレーを作ることを思い立った。最高においしいというカレーのレシピを入手したのだ。

鶏ガラと骨付き牛すね肉を、およそ二時間ことこと煮ることから料理は始まった。

スープを煮ながら、豚の背脂をカリカリになるまで炒《いた》め、ラードを手作りする。

このラードを使って、タマネギを大量に一時間半程かけてじっくりと炒める。そして、刻んだニンジンと、皮をむいたトマトを加え、くつくつと煮る。ここまではレシピ通りに進めて順調だった。

次にスープ六カップと、塩カップ三分の一を加える、とレシピに書いてあった。僕の手は一瞬止まった。塩が多いんじゃないかと。

けれども、レシピを信じ、大量の塩を鍋にざざっと投入。スパイス類とカレー粉大さじ三杯も加えた。これがカレーソースとなる。味見せよとレシピに書いてある。とてもいい香りでおいしそうだ。スプーンですくって一口舐めた。

びっくりした。倒れそうなくらいに塩辛い。やっぱりと思った。塩の量が多過ぎだ。レシピを何度も見たが、間違いではない。しかし、カレーの味よりも塩辛さが勝っている。何度味見しても塩辛い。絶句した。

朝から作り続けたカレーだ。こんな失敗は初めてだ。

あのとき、なぜ塩の量を考え直さなかったのかと後悔した。

レシピにそう書いてあっても、あれ？　と思ったら必ず自分の頭で考え直せ。料理人の友人の言葉が思い出された。そして、塩加減だけは直せないぞ、とも。

時間をかけた料理の失敗にこれほどのショックを受けるとは思わなかった。

僕はカレーをじっと見つめるしかなかった。

料理は自分を信じることだと教訓になった。

土曜日は餃子の日

餃子《ぎょうざ》が大好物だ。

もう何年も前から、毎週土曜日の我が家の夕食は餃子と決まっている。餃子の日の献立は、レタスなどの葉ものをたっぷり使ったスープ。そして、たくさんの餃子のみだ。家族全員が餃子好きなので、それで充分。

餃子は皮から作る。もちもちの皮を味わいたいから、水餃子にする。一人一〇個計算で三人家族だから、三〇個の餃子を作る。

餃子の餡《あん》は、その日の気分で決める。レパートリーは数えたことはないが、おそらく十数種はあるだろう。にんにくを使わないのが、我が家流。

一番人気は、白菜と豚肉にしょうが汁を加えた、とてもシンプルな餡だ。しょうが汁をたっぷり使うので、タレを必要としないのがいい。餃子は、餡に味つけをして、できればタレを使わないほうがおいしいのだ。

餡のレシピを書いてみる。

みじん切りした白菜三〇〇グラムに、少しの塩をして水分を出し、よく絞る。水気をよく切るのがコツ。豚肉は薄切りバラ肉二〇〇グラムを庖丁《ほうちょう》で叩いてひき肉にする。これもおいしさのコツ。そこにしょうが汁を大さじ二杯。塩小さじ半分を加えて、ひたすらよく練る。これが三〇個分の餃子の餡になる。

一人一〇個の水餃子が出来上がるが、毎度三個を残して、それを焼き餃子にするのが、恒例の楽しみになっている。

すでに茹《ゆ》でてある餃子の表面をカリッと焼くだけなので、とても簡単なのもいい。これがまた最高においしい。

一度で、もちもちとカリカリの二つのおいしさを味わう、餃子の日。

土曜日が待ち遠しい。

蕎麦すする音が苦手

蕎麦《そば》が好きで一年中食べている。

最近は渋谷駅から少し歩いた神宮前の住宅地にある「玉笑《たまわらい》」という店に通っている。この店の粗挽《あらび》きせいろが実にうまい。うんちく抜きで、腹からうまいと声が出る。蕎麦の食感、味、香り、のどごし、そして食べているときだけでなく、食べた後も残るおいしかったという心持ち。箸を置いたときは、ありがたい気持ちでいっぱいになる。

そんなふうに自分が蕎麦好きであっても、どうしてもできないことがある。

それは蕎麦を思い切りすすることである。

「ずずずっ」とすすることで蕎麦がさらにうまくなり、そうやって食べるのが蕎麦の作法であるというけれども、人前で音を立てて蕎麦をすするのができないというか、強情を張るつもりはないけれど、ちょっとは仕方がないとしても、できればしたくないのである。

そしてまた、店の中のあちらこちらから「ずずずっ」と蕎麦をすする大きな音が聞こえてくるのも苦手である。こんなふうに言うと蕎麦好きの風上に置けないと言われるだろう。

ところがある日、ふと読んだ雑誌の記事にこんなことが書いてあり気持ちが楽になった。そして拍手をした。

名高い東京の老舗蕎麦屋の主人が言うには、蕎麦はわざわざ音を出してすすって食べるのがよいとされているけれど、それは違う。すすることでうまくなるうんちくがあるらしいけれど、単に蕎麦は、食べるときに、すする音が出てしまっても許される料理とされてきただけ。品良く食べるのがいい、と。

いかがだろう。この説によって、筆者と同じように安心した方はいるのではなかろうか。

ニューヨークでの味　二十年前と同じ

真夏のニューヨークに行ってきた。二十代の頃に暮らしていた、アッパーウエストサイド地区が、急に懐かしくなり、あちらこちらと歩きまわりたくなったからだ。

懐かしく思うのは、街の風景だけでなく、その街でしか味わえないおいしさもある。たとえば、絶品のスモークサーモンを朝食から食べさせてくれる「バーニーグリーングラス」というデリカテッセン（総菜店）が八六丁目にある。ここの味は思い出すだけでつばが出る。サーモンだけでなく、チョウザメや銀ダラという珍しいスモーク（薫製）があり、日曜日の朝八時半のオープンに合わせていくのが在りし日の習慣だった。

最高においしいのは、それらスモークを使ったスクランブルエッグである。日本に帰ってきて真似をして料理してみたけれどどうしても同じ味にはならなかった。

今回の旅では、贅沢にも毎朝通ったが、二十年前と変わらぬ味でうれしかった。古き良きニューヨークを感じさせる店構えも好みである。

楽しみはもう一つあった。

新しくなったヤンキー・スタジアムでヤンキースの試合を観戦することだ。もちろん目当てはイチローである。

「フィールド」というエリアの一塁側内野席であったが、グラウンドとの間にネットがないせいか、プレイする選手がとても近く感じて、応援にも熱が入った。

三打席目、バッターボックスでバットを構えたイチローは、一瞬だが青い夜空に目を向けた。そして打ったボールはライトスタンドへと伸びた。イチローは移籍後初のホームランを打った。球場全体が歓声で大きく揺れた。イチローコールはいつまでも続いた。

秋の散歩　食いしん坊コース

食欲の秋であるから、この季節はどうしても食いしん坊になる。そしてまた、からっと晴れた日には、散歩に出かけたくなる。

東京でも、いくつかの散歩コースを思いつくけれど、一つ秋の食いしん坊コースを紹介してみよう。

午前十一時出発。まずは神田駅から徒歩二、三分のところにある喫茶店「エース」へ行く。世界のコーヒーが味わえる店であるが、ここでは、のりトーストを注文。焼いたトーストにバターを塗ってのりをサンドしたものだ。実にうまい。それほどボリュームがあるものではないので、ゆっくりと食す。そして昔ながらの喫茶店の雰囲気を楽しむ。「エース」は、東京にある喫茶店の中でもとくにお気に入りの店である。

次に淡路町方面に十分ほど歩く。この距離が腹ごなしにちょうどいい。「神田まつや」か「かんだやぶそば」で、もりそばをいただく。やぶそばでは、「せいろうそば」と呼ぶけれど、その日の気分で選ぶ。二枚にしておこう。

で、歩いてすぐの「竹むら」の暖簾をくぐる。粟《あわ》ぜんざいを注文。甘いものは別腹というのは本当だ。古きよき東京下町の甘味処で一息つきましょう。

さてと、お腹はいっぱいになりました。しかし、食欲の秋である。もう一口いただきたい。目と鼻の先にある「万惣フルーツパーラー」のホットケーキで締めとしたい。絶品のホットケーキに舌づつみを打つ。

我ながら今日は良く食べたと感心しながら、靖国通りを神保町まで歩き、古書店街で本でも物色しましょうか。

ああ、最高の秋の散歩である。

忘れられぬアルルの朝食

つい先日、南仏のアルルから仕事の用事でお客が訪ねてきてくれた。

仕事の話は五分ほどで終わり、その後はアルルの暮らしの話で盛り上がった。

というのは、十数年前に訪れたアルルの旅の思い出が、とてもすてきなものだったからだ。

同じ南仏のエクス・アン・プロヴァンスは観光地として有名な町だが、その西にあるアルルはほんの小さな田舎町で、山と湿地と川に恵まれた自然豊かな土地だった。なんといってもそこにのんびりと暮らす人々とのふれあいがよかった。

泊まったのは「シャンブル・ドット」と呼ばれる個人宅が空き部屋などを提供する宿で、朝食付きだった。

その朝食が実においしくて感動的だった。

決められた時間に母屋に行くと、そこに暮らす家族が僕を待っていた。テーブルの上には、焼き立てのパンやサラダ、ジャムやはちみつ、あつあつのスープ、たまご料理でぎっしり埋めつくされていた。そしていい匂い。

「私たちが食べているいつもの朝食だよ」とご主人は言った。二人いた子どもは競って僕にパンをすすめてくれた。

とびきりおいしかったのは、ラベンダーの花から採ったはちみつだった。あまりにおいしいので少し分けてくださいとお願いすると、申し訳ないけれど無理だと断られた。このはちみつは近くに住む人が、食べる分だけを毎日採ってきてくれているので、余分にはないという。

なんと、そのくらいに新鮮なはちみつだからおいしかったのだ。

あのはちみつの味と香りが忘れられなくて、いつかまたアルルへ行きたいという思いが募っている。

衝撃のグリーンカレー

タイ料理のグリーンカレーをご存じだろうか。野菜をたっぷり使った、甘くて辛いルーを、白いご飯にからめて食べると、なんとも言えない、異国の風が口から鼻に抜けていく心地良さがある。

そんなグリーンカレーに関わる衝撃的なことがあった。

タイ料理研究家の鈴木都さんが作ったグリーンカレーを食べたからだ。

鈴木さんは「今日はグリーンカレーを目の前で作ります」と言った。

テーブルで待っていると、タイでよく使われているというすり鉢に、唐辛子のプリック・キー・ヌーや、コリアンダーといったハーブの緑の葉などを入れて、ごりごりとすりつぶし始めた。すりつぶしてはまた緑の葉を加え、すりつぶすを繰り返した。

途端にハーブの香りが漂った。

「タイでは、このすりつぶす音で、その女性が良い奥さんになれるかがわかるとも言われています」と鈴木さんは言った。

たくさんの緑の葉が、すりつぶすことで、ほんの僅かになった。これがグリーンカレーの素《もと》だと言う。それをココナッツミルクで煮込んで、あっと言う間に出来上がった。

ひと口食べて驚いた。自分の知っているグリーンカレーではなかった。ハーブたっぷりの濃厚な緑の葉っぱ汁を、ご飯にかけて食べる感覚とでも言おうか。そして実にうまい。

「ほとんどのお店では市販のペーストを使っています。これが本物のグリーンカレーなのです」。鈴木さんは言った。

いとも簡単に自分が大好きだったグリーンカレーが大きく覆されてしまった。おかげでグリーンカレーがもっと好きになった。

新鮮な緑の葉のせいだろうか、食後の爽快感が格別だった。

クロワッサン　食べ方の奥深さ

クロワッサンといえば、フランス生まれの三日月のかたちをしたパンである。バターがたっぷり使われ、サクサクした皮と、もっちりした生地が実においしい。最近では、いくつものパリの有名なパン屋が、日本でお店を開き、本場のクロワッサンがいつでも味わえるからうれしい限りだ。

その昔、パリで本物のクロワッサンを初めて食べたときの感激といったらなかった。日本で食べるお米がおいしいように、パリで食べるクロワッサンはやっぱりおいしいと実感した。

しかし、そのクロワッサンだが、おいしければおいしいほどに食べ方で悩んでしまうのは僕だけだろうか。大きさ的に、できれば食べやすい大きさに指でちぎって食べたいのだが、皮がサクサクであればあるほど、指でちぎるとバラバラになるというか、粉々になってしまう。

しかもパン生地がもちもちなので、とてもじゃないが、きれいにはちぎれないのだ。かといって、かぶりつくと、口の周りやテーブルの上が、パン屑《くず》だらけで尋常ではなくなる。家でなら好きなように食べるが、外出先では本当に困るのだ。ナイフとフォークで小さく切って食べれば問題はないけれど、そんなにお行儀良く食べるものだろうかと悩んでしまう。

思いきって、フランス人の知人に聞いてみた。すると、クロワッサンをカフェオレやコーヒーに浸して、軟らかくして食べると言うから驚いた。必ずそうするわけではないが、そうやってパン屑を出さずに食べる人が多いらしい。

さすがクロワッサンである。奥が深いなあ。試してみよう。

手作りマフィンとの出会い

マフィンには、イングリッシュマフィンと、アメリカンマフィンがある。違いを一言で表すと、イングリッシュマフィンはパンで、アメリカンマフィンはケーキである。

僕はアメリカンマフィン派である。アメリカンマフィン発祥の地とも言われているニューヨークで、アップルマフィンを食べたときのことは今でも忘れられない。ダイナーのメニューを見ていたら、ウェートレスが「焼きたてのアップルマフィンがあるわよ」と声をかけてくれた。

マフィンは大きくてずっしり重く、それまで知っていたマフィンのように膨らんだ上の部分が丸くはなくて、四角いのに驚いた。その四角い部分を、指でちぎって食べると、カリカリしていて実においしかった。内側はモチモチで、サイコロ切りされたアップルがたっぷり入っている。一つでお腹いっぱいになり、いかにも手作りされた感が伝わる素朴であたたかい味わいに心が満たされた。それから僕は、マフィン好きになり、アメリカの街々で様々なマフィンを食べ歩いた。

東京の表参道にある、「A.R.I」というマフィン専門店で、その頃僕が食べた、アメリカンマフィンと同じおいしさと出会った。レモンカスタードマフィンが、とびきりおいしかった。

オーナーの森岡梨さんに話を聞くと、彼女もニューヨークでマフィンに出会った一人だった。

「マフィンが大好きで、毎日マフィンのことばかりを考えているんです」

はにかみながら、こう話す彼女の言葉で、この店のマフィンのおいしさが納得できた。

グルメ化した家ご飯

今、主婦の作る家《うち》ご飯のおかずのレパートリーはどのくらいの数なのだろうか。

僕が幼い頃の我が家のおかずがどういうものだったか考えてみた。

まあ、三十年くらい前のことであるけれど。

カレーライス。肉や野菜の炒めもの。肉じゃが。魚の煮たの。煮しめ。おでん。焼き魚。湯豆腐。水炊き。シチュー。恥ずかしいがこんなものかもしれない。

しかも、こういったおかずがある日はちょっと豪華で、大抵は白いご飯を、納豆や大根おろし、味の濃い缶詰や漬物といったものをおかずにして食べていた。レパートリーは多くても一〇種くらいかもしれない。

共働きだった我が家では「今日はおかずが何もないわよ」という母親の言葉に一つ

も驚かなかった。

「いいよ」と言って、大好きなかつお節のふりかけをかけて食べた。そんなときほどおかわりをした。おみおつけをご飯にかけるだけの日もあった。

いつしか家ご飯はグルメ化し、うまいまずい、きれいきたない、多い少ないと口うるさくなった。はたして、外でお金を出して食べるような料理を家庭に求めるのはいかがなものだろうか。

家ご飯は、白いご飯におみおつけとお新香。そこに旬のおかずがほんの少しあればいい。食べた後、ご飯粒一つ残さずに器がぴかぴか、きれいさっぱりな食卓というのはなかなか美しいものである。

そういう味、そういうおいしさ、そういう美しさを学ぶのも、これからの時代の暮らしに必要なことの一つではなかろうか。

ほどほどの味がしあわせ

おいしい料理には目がないけれど、だからといって、それが毎日でありたいとは思わない。味や手のかけかたはどうであれ、どんなものでも、ありがたくいただきたい。

家のご飯は、それほどおいしくなくてよい、それでこそ家庭の味であるという話を、ある料理家さんから聞いたときは、その通りだと思ったのと同時に、なんだかほっとした。うれしくなった。

ここでいう、おいしくなくてよいというのは、ほどほどでよく、そんなに頑張らなくてよいということである。家庭において毎日頑張るなんて無理な話であるからだ。それでこそ飽きがこなく、たまにいただくごちそうを、本当においしくいただけるのである。

我が家のご飯は、それほどおいしくないけれど、何より一番好きなんだよなあ、という気持ちは、なんてしあわせなのだろうと思う。いかがだろうか。

料理の味で常々思うのは、素材のあれこれや、味付けや料理法うんぬんも大切であるけれども、その料理を、誰とどうやって食べるかということがもっと大切であるということだ。

せっかくのごちそうであっても、険悪なムードでいただいたら、味など一つもわからず、おいしいはずはない。楽しく明るいムードでいただくからこそ、おいしいものがもっとおいしくなるのである。

となると、味はほどほどの料理でも、大好きな人や家族と楽しく明るくいただけば、それだけで立派なごちそうになる。

なるほど、料理というものはお皿に載せて完成ではなく、どんなふうにいただくかを、それを囲むみんなで、工夫したり、気遣いしたり、思いやったりすることで完成するのである。

材料選びが一番大事

「料理は結局、材料である。材料を選ぶことである」という、芸術家の北大路魯山人の言葉がある。

魯山人の人柄や功績については、後世に様々な見解があるが、僕は魯山人をどうしても嫌いになれない。そしてこの、材料が大事であるという言葉を心に刻んでいる。

僕の仕事は、編集であったり、執筆であったり、それも一つのモノ作りであるけれど、どんな仕事であっても、突き詰めると、やはり材料の良し悪しを知ることと、選び方が重要であって、その経験と能力を問われることは確かである。

陶工として知られた魯山人が、焼き物の面白みを聞かれたときに、「自然が助けてくれることです」と答えている。この言葉も実に深い。

焼き物の本質は、まさに自然の土であり、釉薬と火熱の作用によって、人がコントロールできない自然の力が働き、美しい姿かたちを生み出す。

料理も同様で、自然を重んじ、旬の季節や産地を知り、その恵みに感謝し、利用することで、はじめて、おいしい料理を生み出せるのだろう。

こんなふうに僕は、魯山人の言う、材料が一番という考えに深く共感し、何をするにも、とにかく材料であると肝に銘じている。

そして私たちの暮らしや仕事の日々においても、材料無くしては何も出来ないことも知るべきであると考える。

豊かな暮らしとか、心地良い暮らしとか、確かな仕事、価値のある仕事というのは、いかにして良い材料を知り、選ぶかということなのだろう。

今こそ学ぶべき大切なことは「材料学」でないかと、僕はつくづく思っている。

おわりに

後味の良し悪し

最近の悩みといえば、後味の良し悪しに敏感になっている自分のことだ。これが結構やっかいだ。後味とは、読んで字のごとく、何か物事の後の気分であったり、残る印象であったり、といったことだ。

料理は一番わかりやすい。料理の後味の悪さというのはかなりがっかりする。というのは、食べているときはおいしくてたまらないのに、後味がなんとも悪いと、その気分の落差は、かなりつらいものがある。

後味の悪い料理というのは、たいてい味が濃い料理だ。

味が濃いから食べているときはおいしく感じる。しかし、味が濃いというのは、それだけたくさんの調味料が使われているということだから、その複雑な調味料がいつまでも残って、口の中が騒がしい。それが後味の悪さの原因ではなかろうか。

後味の良い料理というのは、素材の味を生かしたものが多く、使っている調味料が少ない。なので、食後、口の中がすっきりしている。

料理以外に仕事や暮らし、人間関係にも、常に後味はある。

その良し悪しを分ける原因は、料理と同様に複雑であるということが共通している。その場しのぎというか、そのときだけ楽しければよいという、取り繕った状況は、たいてい後味が実に悪い。そのときは、味気なくとも、後味の良い料理や、後味の良い仕事や暮らし、人間関係のほうが、しあわせを感じるのは、五十歳という節目を自分が迎えようとしているからなのか。

できれば、後味の良い自分でもありたい。

初出
『読売新聞』２０１１年４月６日〜
２０１５年11月４日連載「松浦弥太郎の暮らし向き」
単行本化にあたり、再編集・加筆修正いたしました。
店名やデータは連載当時のままにしています。

松浦弥太郎（まつうら・やたろう）

文筆家。クリエイティブディレクター。1965年、東京都生まれ。92年、オールドマガジン専門店「m&co. booksellers」、2000年、トラックによる移動書店「m&co. traveling booksellers」を開業。02年、中目黒にセレクトブックストア「COW BOOKS」を開業以来、代表を務める。『暮しの手帖』（暮しの手帖社）編集長、「くらしのきほん」（クックパッド株式会社）編集長を歴任。現在は株式会社おいしい健康の取締役。著書に『今日もていねいに。』『100の基本』『松浦弥太郎の仕事術』『即答力』など多数。2011年4月から『読売新聞』にエッセイ「松浦弥太郎の暮らし向き」を連載中。

自分《じぶん》で考《かんが》えて生《い》きよう

2017年2月25日　初版発行

著　者　松浦弥太郎《まつうらやたろう》

発行者　大橋善光

発行所　中央公論新社
〒100-8152　東京都千代田区大手町1-7-1
電話　販売　03-5299-1730　編集　03-5299-1870
URL http://www.chuko.co.jp/

ＤＴＰ　市川真樹子
印　刷　三晃印刷
製　本　小泉製本

Published by CHUOKORON-SHINSHA, INC.
Printed in Japan　ISBN978-4-12-004946-0 C0095